Sarah C. E. Nieberl

Hexen

Band 1

Bibliographische Information der Deutschen Nationalbibliothek. Die
Deutsche Nationalbibliothek verzeichnet diese Publikation in der
Deutschen Nationalbibliografie, detaillierte bibliografische Dateien sind
im Internet über http://dnb.dnb.de abrufbar

Herstellung und Verlag: BoD - Books on Demand, Norderstedt

ISBN: 9783752836172

Kapitel 1

Lisas neues Zuhause roch nach alter Luft und getrockneter Farbe, vermischt mit einer Note von Haushaltsreiniger und trockenem Holz. Die Dielen knarrten sachte und leise unter ihren Schritten, während sie durch die Eingangstür in den Flur trat.

Eine Treppe führte ein Stück nach dem Eingangsbereich rechts an der Wand entlang nach oben in das obere Stockwerk, ehe der kurze Flur im Erdgeschoss in einer offenen Küche mit dem Wohnzimmer endete. Direkt gegenüber der Treppe an der anderen Wand befand sich eine Tür, die nach einer kurzen Inspektion ein kleines Bad offenbarte. Es waren ein schmales Waschbecken, sowie eine Toilette und eine kleine, quadratische Dusche hinein gequetscht worden.

Sobald Lisa das offene Wohnzimmer betrat, bemerkte sie, dass es an der rechten Seite noch eine Tür mit einem Zimmer dahinter gab. Ihr Vater stellte es als längliches Gästeschlafzimmer vor. Es war jedoch im Augenblick, genauso wie jeder andere Raum - abgesehen von der Küche - vollkommen leer.

Einige Staubpartikel tanzten in der Luft vor den Fenstern, erhellt von der Sonne und Lisa atmete leise tief ein. Alles war fremd, vom Geruch und dem Klang des Hauses bis zu der Sicht aus den Fenstern.

"Unsere Sachen kommen heute Nachmittag", sagte ihr Vater in diesem Moment. Seine Schritte klangen schwer auf dem knarrenden Holzboden und er warf einen kurzen Blick auf seine Armbanduhr.

"Oben sind unsere Schlafzimmer", fügte er hinzu und machte sich daran, alle Fenster und die Terrassentür zu öffnen, nachdem er die Taschen etwas beiseite rückte, die er mit in das Wohnzimmer getragen hatte. Warme Luft strömte herein, sobald die ersten Fenster sich mit einem leisen Quietschen öffnen ließen und nach einem Moment des Zögerns ging Lisa die Treppe nach oben. Es gab vier weitere Räume im

Obergeschoss, zwei Schlafzimmer, ein Badezimmer mit Badewanne, sowie einen leeren Raum, der entweder als Arbeitszimmer oder größere Abstellkammer dienen konnte.

Lisa warf einen Blick in die Zimmer, bis sie ihres fand. Die Wände waren bereits in einem beruhigenden, hellen blau gestrichen und der Blick aus den Fenstern erlaubte eine weite Sicht die Straße hinab und an den Häusern und Gärten der Nachbarn entlang.

Lisa stellte ihre schwere, große Tasche in ihrem Zimmer ab, bevor sie wieder nach unten eilte und ihrem Vater dabei half, die mitgebrachten Kisten und Koffer aus dem Auto zu heben und hinein zu traten.

Die Gegend in der sie ab heute leben würden war ruhig, die Gärten der meisten Häuser gepflegt und Lisa wusste, es war mit dem Auto von hier bis zum Ozean nicht mehr allzu weit. Oder zu den kleinen Dörfern und Vorstädten und den Stränden, welche die Küste an vielen Stellen säumten.

Es dauerte auch nicht lange um weiter in die Stadt zu kommen, was Lisa als kleinen Segen empfand, da sie immer noch ihre Freunde ohne größere Schwierigkeiten besuchen konnte. Auch wenn sie nicht mehr so viel Zeit hatten, nach dem Anna bald mit ihrem Studium anfangen würde und Ji-Woo nach dem Sommer seine Ausbildung als Fitnesstrainer begann.

Lisa selbst hatte sich nach einem langen Gespräch mit ihrem Vater für ein Selbstfindungsjahr entschieden. Was danach kam, würden sie besprechen, wenn es so weit war.

Sobald der Wagen fertig ausgeräumt war und die Kisten sich in den richtigen Räumen befanden, brachte Lisa schon einmal ein paar Sachen ins Badezimmer.

Ein kurzes Klopfen am Türrahmen ließ sie aufsehen, sobald sie ihren Kulturbeutel in eine Hälfte des Spiegelschrankes stellte. Ihr Vater hielt ein paar Flyer hoch.

"Ich habe mir überlegt, wir bestellen etwas zu essen bevor das Umzugsunternehmen eintrifft. Am Abend würde ich einkaufen fahren, damit wir etwas im Haus haben." Er reichte ihr die Flyer. "Such aus, was du möchtest."

Das Essen war rasch geliefert und Lisa stand mit ihrem Vater in der Küche, während sie aßen. Bald darauf trafen auch die Umzugswägen ein und Kisten und Möbelstücke wurden hinein getragen, die Schritte der Arbeiter waren kräftig auf den Dielen und ihre Stimmern erfüllten die Flure und Zimmer. Es dauerte eine Weile, bis alles hinein und in die richtigen Räume gebracht wurde und ihr Vater die Papiere unterschrieb, dass alles sachgemäß abgeliefert worden war.

Als das Umzugsunternehmen wieder verschwand, begleitete Lisa ihren Vater zum Supermarkt, um das Nötigste für den Anfang einzukaufen. Zurück in ihrem neuen Zuhause räumten sie die Lebensmittel auf und ließen sich dann auf das Sofa fallen, das einzige Möbelstück, das nicht erst noch aufgebaut werden musste.

Es war stiller hier, ruhiger als in der Stadt und nur gelegentlich hörte Lisa ein Auto auf der Straße vorbei fahren, im Gegensatz zu dem steten Verkehr den sie sonst von ihrer vorherigen Wohnung im Stadtkern gewohnt war.

Der Geruch nach alter Luft und Staub war verschwunden, doch dafür roch es jetzt nach den Umzugskartons und ein wenig nach Aftershave, von dem einer der Möbelpacker zu viel aufgetragen hatte.

"Wie gefällt es dir bisher?", fragte ihr Vater unvermittelt und warf einen kurzen Blick auf die Kartons um sie herum. "Soweit du das bisher sagen kannst, zumindest."

Seine Augen waren im Gegensatz zu Lisas braunen von einem warmen blaugrün und seine kurzen, aschblonden Haare wirkten fast so zerzaust wie Lisas dunkle Locken, nach einem halben Tag des Kistenschleppens, wobei sie beide ihre Tendenz zu Sommersprossen teilten. Ihr Vater sagte immer, sie hatte mehr von ihrer Mutter geerbt als von ihm.

"Oder sollte ich die Frage aufheben, bis wir uns eingerichtet haben?", fügte er hinzu.

Lisa hob eine Schulter und lächelte dann schief. "Wir sind gerade erst angekommen, aber bisher mag ich es. Mein Zimmer ist auf jeden Fall größer."

"Und es ist näher an meiner Arbeit, ab dem nächsten Monat." Mit einem kleinen Ächzen kam er auf die Beine. "Ich räume die Reste vom Lieferservice weg. Wenn du willst, können wir heute Abend noch dein Bett und die Kommoden aufbauen."

Lisa nickte und kurz darauf fanden sie sich zusammen in ihrem Zimmer wieder. Glücklicherweise dauerte es nicht lange, bis die Möbel standen und Lisa konnte sie problemlos selbst an die passenden Stellen verschieben, während ihr Vater in seinem Schlafzimmer verschwand um sein eigenes Bett und einen Schrank aufzubauen, wofür er ihre Hilfe dankend ablehnte.

Sobald Lisa ihr Bett bezogen hatte, ließ sie sich darauf fallen und ihr Blick schweifte durch den Raum. Alles schien fremd, das Haus war spürbar größer als ihre kleine Wohnung zuvor und die Kartons ließen das Zimmer kantig und unfreundlich aussehen.

Ein kleines *'Ping'* riss sie aus ihren Gedanken und ein Lächeln erstreckte sich leise über ihr Gesicht, als sie rasch ihr Handy aus ihrer Reisetasche fischte.

Ihre Freunde Anna und Ji-Woo hatten sie gemeinsam angeschrieben und über den Tag verteilt gefragt, wie es ihr ging, Bilder geschickt und Anna hatte noch einmal nachgehakt, wann sie sich diese Woche treffen wollten.

Lisa antwortete ihren Freunden und spürte, wie sie immer müder wurde. Das Licht des Tages begann langsam zu schwinden und die untergehende Sonne warf eine Vielzahl von Farben über den teilweise bewölkten Himmel, von zartem rosa und gelb bis hin zu klarem orange.

Lisa öffnete einen der Kartons und suchte etwas durch die Kleidung, bis sie einen Schlafanzug fand und nach einem kurzen Abschied an ihre Freunde, zog sie sich um.

Dennoch dauerte es noch eine Weile, bis sie wirklich einschlief. Das Haus war voller unbekannter, subtiler Geräusche, ihr Bett stand anders, als sie es gewohnt war und eine Straßenlaterne schien von draußen hell in ihr Zimmer.

In ihrer ersten Nacht schlief Lisa besser als erwartet, wenn auch recht leicht und sie träumte von den rollenden Wellen des Ozeans und dem Rauschen der Bäume im Wind, obwohl sie immer noch ein gutes Stück von der Küste entfernt lebten.

Der nächste Tag brachte einen ruhigen, sommerwarmen Sonntag und Lisa und ihr Vater nutzten fast die ganze Zeit damit Regale und Schränke sowie andere Möbel aufzubauen. Die Kartons mit dazu auszupacken und alles einzuräumen, stellte sich als mehr Arbeit heraus, als Lisa gedacht hatte.

Zum Schluss jedoch war die Küche voll ausgestattet, das Wohnzimmer stand größtenteils, das Bad war komplett eingeräumt und sie hatten ein paar Regale in Lisas Zimmer und in dem Zimmer ihres Vaters angebracht. Dazu waren jetzt auch ihre jeweiligen Schreibtische aufgestellt. Die Wände in den Fluren blieben vorerst kahl und das Gästezimmer würden sie als letztes irgendwann einrichten.

Lisa hielt für einen Augenblick inne, als sie an der Seite im offenen Wohnzimmer, gerade als der ummauerte Bereich unter der Treppe endete, eine Kommode stehen sah. Auf der Oberfläche standen Bilderrahmen mit Fotos, die ihr sehr vertraut waren.

Ihr Vater und ihre Mutter waren auf den Bildern zu sehen. Auf einem waren sie an ihrer Hochzeit abgebildet, auf einem anderen mit Lisa als Baby und das dritte Foto war auf der Veranda eines Strandhauses aufgenommen worden. Ihre Eltern sahen beide noch jung aus und ihr Vater lächelte breit und erfreut, während ihre Mutter stolz und zufrieden grinsend, die dunklen Locken vom Wind zerzaust, ein Diplom in den Händen hielt.

Lisa lächelte leise und strich über die Bilderrahmen, ehe sie sich der Küche zu wandte, in der ihr Vater stand.

"Als Abendessen haben wir…" Ihr Vater warf einen Blick in den Kühlschrank. "Tiefkühlessen, vorerst."

Kurz darauf befanden sich zwei Pizzen im Ofen, während Lisa mit ihrem Vater den Fernseher einsteckte und alles mit der Lautsprecheranlage und dem DVD-Player richtig verkabelte.

Sie aßen an der Küchentheke zusammen zu Abend und ihr Vater warf einen Blick auf die Uhr sobald er fertig war.

"Ich muss los, Nachtschicht", sagte er und räumte die leeren Teller zur Spüle. "Ich sollte morgen früh oder Vormittag wieder zurück sein."

"Pass auf dich auf." Lisa warf ihm ein Lächeln zu und ihr Vater verschwand um sich für die Arbeit vorzubereiten. In Polizistenuniform kam er kurz darauf wieder und hielt an der Eingangstür inne.

"Wenn irgendetwas ist, ruf mich oder das Revier an, okay?" Auf ihr Nicken hin zog er sich die Schuhe an. "Gute Nacht, schlaf gut!"

Lisa war insgeheim froh, dass er nicht mehr lange im Schichtdienst war, da er ab dem nächsten Monat befördert wurde. Das war auch mitunter der Grund für ihren Umzug. Ihr Vater würde in einem anderen Revier arbeiten und sein Einkommen war auch groß genug, dass er sich das Haus leisten konnte.

Lisa wusch noch das Geschirr, ehe sie sich in ihr Zimmer zurück zog und eine Kiste öffnete. Sie begann ihre Bücher auszuräumen und auf den Regalen zu verteilen, zusammen mit einem Foto ihrer Eltern und einem anderen, das sie mit ihren Freunden aufgenommen hatte. Sie hatten sich alle dicht aneinander gequetscht und grinsten in die Kamera.

Ji-Woo, der ein wenig größer war als Lisa und Anna, hatte die Arme um ihre beiden Schultern gelegt und sich etwas herab gebeugt, während Anna ein wenig auf die Zehenspitzen gegangen war.

Lisa stellte die Bilderrahmen auf und rückte sie vorsichtig zurecht, ehe sie weitere Bücher dazu stellte.

An diesem Abend schlief sie schnell ein, mit dem Geruch von Pappe und dem noch fremden Haus in der Nase, während die ruhige Nachbarschaft von dem Mantel der Nacht umhüllt wurde.

Ihr Vater war am nächsten Morgen noch in der Arbeit und so schloss Lisa das Haus hinter sich ab und machte sich auf den Weg, um sich mit ihren Freunden bei Anna zu treffen. Hier am Stadtrand brauchte sie ein wenig, bis sie an einer Busstation ankam.

Der Weg fühlte sich nicht so lang an, wie zuerst gedacht und sie brauchte nur noch wenige Meter bis zu Annas Zuhause. Sie klingelte und stieg die Treppen nach oben, wo ihre Freundin sie mit einer Umarmung begrüßte. Dann zog Anna sie hinein und in ihr Zimmer.

Ji-Woo stand kurz vom Bett auf, um Lisa in eine feste Umarmung zu ziehen. Er trug wie üblich dunkle Jeans, ein Shirt mit einem Logo darauf, das Lisa dieses Mal nicht erkannte. Es könnte alles sein, von einer Band, einem Film oder Spiel. Ji-Woo ließ sie mit einem Grinsen wieder los und sie ließen sich alle zusammen auf Annas Bett sinken.

Anna war eine zierliche, blasse Brünette, die Ji-Woo gerade einmal bis zur Schulter reichte und neben dem beginnenden Fitnesstrainer mit kurzen, schwarzen Haaren, nahezu klein und schmal wirkte.

"Wie ist das neue Haus?", fragte Ji-Woo, sobald sie es sich alle bequem gemacht hatten.

"Ihr könnt uns besuchen kommen, wenn ihr wollt", schlug Lisa mit einem Lächeln vor. "Und soweit sieht es gut aus. Wir haben auf jeden Fall mehr Platz."

"Klingt gut, wir können ja später noch zu dir fahren", sagte Ji-Woo und Anna nickte zustimmend.

Ji-Woo erzählte ihnen dann von einer bestandenen Prüfung in seinem Selbstverteidigungskurs und sie sprachen über alles, das in letzter Zeit sonst noch geschehen war, ehe sie sich langsam auf den Weg zu Lisas neuem Zuhause machten.

Die Rückfahrt verging schneller als die Hinfahrt und sobald sie am Haus ankamen, öffnete Lisa die Tür leise.

"Mein Vater schläft wahrscheinlich gerade", sagte sie, als sie seine Schuhe auf einem Fußabtreter neben der Tür bemerkte.

An einer Wand des Flures standen zusammen geklappt unzählige Umzugskartons und abgesehen von aufgebohrten Kleiderhaken und einem kleinen, ebenfalls aufgebohrten Metallkästchen für Schlüssel war der Flur leer.

Ji-Woo und Anna ließen sich das Wohnzimmer mit der Küche zeigen und sobald sie sich etwas zu Essen geholt hatten, zogen sie sich auf Lisas Zimmer zurück.

Den Nachmittag über verbrachten sie damit, weitere Kisten auszuräumen und danach suchten sie nach möglichen Zimmerdekorationen im Internet.

"Es gibt da einen Laden", sagte Anna auf einmal leise. "Der ist allerdings am Hafen, meine Tante war dort vor einer Woche und hat davon geschwärmt, wie toll die Artikel sind. Da bekommst du laut ihr alles, von Mal- und Kunstartikeln bis zu Dekorationen und Schmuck und kleinen Möbelstücken. Im Obergeschoss gibt es sogar eine Boutique, man kann dort auch Kleidung reparieren oder Maßanfertigen lassen."

Ji-Woo sah Lisa an. "Klingt nach einer ersten Anlaufstelle, oder?" Er nickte zu den noch kahlen Wänden. "So viel hattest du in deinem alten Zimmer nicht und hier ist Platz für neues, wenn du willst."

Lisa zog ihr Laptop näher zu sich. "Wie heißt der Laden?"

Anna dachte einen Moment lang nach und sah dann auf. "*Seashells & Seashore*, so hieß er."

Ji-Woo rückte etwas vor, um über Annas Schulter sehen zu können. "Klingt mehr nach einem Touristenladen, um ehrlich zu sein."

Lisa gab den Namen ein und schrieb die Adresse auf, die sie nach einem Moment des Suchens fand.

"Ich sehe am Wochenende nach.", sagte sie. "Wollt ihr mitkommen?"

"Klar." Ji-Woo grinste und schien sich mit einem Mal an etwas zu erinnern, denn sein Gesicht hellte sich auf und er wandte sich Anna zu. "Wir können dann doch auch nach einem Geschenk für dich suchen. Letzte Woche war schließlich dein Geburtstag und das konnten wir bisher noch nicht einmal feiern."

"Ihr müsst nicht", begann Anna und Ji-Woo ließ sich ein Stück zur Seite sinken um seine Schulter freundlich gegen ihre zu schubsen. "Wir wollen aber. Oder, Lisa?" Er sah sie an und Lisa grinste zustimmend. Anna nestelte ein wenig mit ihrem Ärmelsaum und ein kleines, erfreutes Lächeln schlich sich auf ihr Gesicht.

Kurz darauf verabschiedeten sich Ji-Woo und Anna, wobei Lisa ihre Freunde noch einmal fest umarmte und sie ausmachten, wann sie am Wochenende aufbrechen wollten.

Lisas Vater, der vor ein paar Stunden aufgestanden war, wartete bis der Besuch gegangen war, ehe er Lisa fragte, ob sie ihn zum einkaufen begleiten wollte.

So fand Lisa sich vor der Tiefkühlabteilung wieder, auf der Suche nach gefrorenem Fisch. Sie musterte ein paar der Artikel und machte einen Schritt zurück um etwas mehr in die Kühlregale an der Seite sehen zu können, da stieß sie plötzlich unerwartet mit jemandem zusammen.

"Oh, Entschuldigung", sagte sie rasch und wandte sich um.

Die Frau hinter ihr hatte ihre hellblonden Haare zu einem Pferdeschwanz zusammen gebunden. Sie trug dunkle Jeans, dazu Militärstiefel und eine zu große Lederjacke über ihrem einfarbigen, dunkelroten Hemd. Die Frau war vielleicht Anfang oder Mitte dreißig und warf ihr einen kleinen, stirnrunzelnden Blick zu.

Das eigenartigste jedoch war das Gefühl von Stille, das an den Schultern der Frau zu hängen schien, wie Energie, die zwischen leiser, unverrückbarer Kraft und, eigenartigerweise, vertrauter Einsamkeit schwankte.

"Schon gut", sagte die Frau schließlich und trat um Lisa herum. Sie blieb jedoch zwei Schritte neben ihr stehen und öffnete eines der Kühlregale. Lisas Blick fiel dabei auf ihr rechtes Handgelenk, denn während die Finger der Frau sich um den Griff der Tür schlossen, rutschte der Ärmel der Jacke etwas zurück. Lisa sah, dass Worte auf die Haut tätowiert waren, doch bevor sie den Satz lesen konnte, trat die Fremde vom Kühlregal zurück.

Ihre Blicke begegneten sich kurz und die Frau runzelte immer noch leicht die Stirn. Überhaupt wirkte sie, als wäre sie nicht in der besten Stimmung.

Sie musterte Lisa und schien etwas sagen zu wollen, ehe sie sich mit einem kleinen Kopfschütteln anders überlegte. Sie wandte sich um und ging weiter.

Lisa sah ihr verwirrt hinterher und runzelte jetzt selbst ein wenig die Stirn. Wie merkwürdig. Sie holte kurz darauf aus dem Kühlregal was sie suchte und sah sich nach weiteren Artikeln um, die sie brauchten.

Sobald sie wieder bei ihrem Vater war, legte sie in den Einkaufwagen was sie mitgebracht hatte.

"Ist alles in Ordnung?", fragte er, sobald sie an der Kasse standen und Lisa inne hielt, als sie wieder die blonde Frau sah, die jetzt vor ihnen in der Reihe stand.

"Klar." Sie nickte und ihr Vater wandte sich ab um die Einkäufe auf das Band zu legen.

Lisa ertappte sich dabei, wie sie immer wieder einen Blick zu der rechten Hand der Fremden warf, besonders sobald sie die Hände hob um den Pin ihrer Bankkarte einzugeben.

Wieder sah Lisa die geschwungenen Linien von Worten am Handgelenk der Fremden. Bevor sie jedoch etwas mehr sehen konnte, ließ die Frau wieder die Hände sinken und griff nach ihren Einkäufen. Die Blonde warf der Kassiererin einen Abschiedsgruß zu und verschwand aus dem Laden.

Lisas Aufmerksamkeit wurde kurz darauf auf etwas anderes gezogen und im Laufe der nächsten Tage bis zum Wochenende hin, richtete sie mit ihrem Vater das Haus fertig ein und pflanzte ein paar Blumen und Kräuter im Garten ein.

Am Samstagvormittag traf sie sich schließlich mit ihren Freunden und sie fuhren zusammen mit dem Wagen von Ji-Woos Eltern an die Küste, wo sich der Laden bei einem kleinen, heimeligen Hafen, in altem Stil erbaut, befand.

Der Hafen mit seinen verwinkelten Straßen und Gassen mit alten, farbigen Häusern lebte schon seit ein paar Jahren hauptsächlich vom Touristengeschäft und nur noch wenig vom Fischfang.

Es gab kaum noch Fischer, die das Geschäft als Lohnenswert empfanden und die wenigen Schiffe am Hafen, die keine Segelschiffe oder kleine Jachten von reicheren Stadtbewohnern waren, gehörten entweder alten Seefahrern oder deren Kindern, die den Fischfang noch ein wenig am Leben erhielten. Es gab auch noch eine Fähre, die verschiedene kleine Häfen abfuhr und am Abend hier wieder einlief.

Seashells & Seashore war ein hellblau gestrichener Laden, der sich an der Mitte der Hauptstraße hinab zu den Docks befand.

Lisa fand, sie hatten Glück heute. Die Sonne schien, mit nur wenigen Wolken am Himmel, und das Meer war friedlich und sah beinahe so angenehm und schön bezaubernd aus wie auf Postkarten.

Seashells & Seashore hatte ein dunkelblaues Holzschild über der Eingangstür hängen, auf dem in weißen Lettern der Name stand. Unter den geschwungenen Worten war eine ebenso weiße Muschel gemalt. Ein Blick in das Schaufenster, umrahmt von weiß gestrichenem Holz, zeigte ein paar ausgestellte Farben, Dekorationen und ein Schild über die Boutique im ersten Stock und das Bilder erworben oder auf Anfrage gemalt werden konnten.

Ein sanftes, helles Klingeln begleitete sie in den Laden hinein, sobald sie die ebenfalls hellblau gestrichene, dicke Holztür öffneten, an der die Farbe jedoch langsam ein wenig zu verblassen schien. Augenblicklich kam Lisa ein Geruch entgegen, der sie an einen friedlichen, schönen Tag am Strand erinnerte. Es roch nach Sonnenschein, entspannten Muskeln und einem zufriedenem Lächeln auf dem Gesicht, so eigenartig wie der Gedanke im ersten Augenblick auch war.

Zusammen mit dem Geruch war es, als würde eine positive Energie in der Luft des Ladens hängen. Es war wie Licht und Leichtigkeit entlang der Schultern und in jedem Atemzug. Lisa schüttelte leicht den Kopf, um sich auf den Rest des Raumes zu konzentrieren.

Der Laden selbst war größer, als er von außen gewirkt hatte und gegenüber von der Eingangstür, führte eine etwas schmale Treppe an der Längsseite entlang nach oben zur Boutique.

Viele verschiedene Regale füllten den Raum und egal wohin Lisa auch sah, es schien immer etwas neues ihre Aufmerksamkeit auf sich zu ziehen. An einer Stelle standen wunderschön geschnitzte Hocker und Stühle und kleine Tische. An einer anderen gab es faszinierend gemalte Bilder an den Wänden zwischen den Regalen, zusammen mit Farben und Pinseln und der einen oder anderen blanken Leinwand an einer Ecke des Raumes.

Je weiter sie sah, desto mehr schien der Laden sich der Länge nach bis zur Kasse hin zu offenbaren. Von Kerzen die nach Rosenbädern, Regentagen und schönen Erinnerungen oder geliebten, viel gelesenen Büchern rochen bis zu verschiedenem Schmuck und allerlei Dekorationen. Die Hälfte des Ladens schien in sanften blau, weiß oder hellem Türkis gehalten zu sein und das meiste davon war Meeres- oder Strandbezogen.

Lisa liebte es.

Ihre Freunde und sie fühlten sich, als würden sie mit jedem weiteren Regal kleine Schätze finden, während der eine oder andere Kunde sich an ihnen vorbei schob um an die Kasse zu gelangen und zu zahlen. Schließlich suchte Lisa paar Dekorationsartikel heraus die sie mitnehmen wollte und Ji-Woo und sie ermutigten Anna, sich zwei Geschenke auszusuchen, die von ihren Freunden bezahlt werden würden.

Sie hatten Glück, dass die Kasse gerade frei war, als sie an das Ende des Ladens zum Tresen traten. Die junge Frau, die hinter der Kasse saß hatte langes, feuerrotes Haar, unzählige Sommersprossen auf ihrem gesamten Gesicht verteilt und meergrüne Augen. Ihr Grinsen war freundlich und einladend. An ihrer Seite, in einem kleinen, metallenen Ständer, brannte eine der Kerzen die sie verkauften.

Dann bemerkte Lisa die zwei dünnen, silbernen Narben an der Kehle der Kassiererin, eine an jeder Seite. Sie begannen jeweils an der Seite ihres Halses, ein Stück unter den Ohren, und neigten sich dann nach unten, bis sie fast den Kehlkopf in einem sanften Schwung erreichten.

Die junge Frau winkte sie näher und Lisas Blick fiel nun auf die Farbreste, die in kleinen Flecken an ihrer Handkante und den Fingerspitzen festgetrocknet waren.

"Hallo", grüßte die Rothaarige sie und Lisa reichte ihr die Artikel, die sie kaufen wollte. Sobald die bezahlt waren, legten Ji-Woo und sie gemeinsam die Geschenke für Anna dazu.

Die Frau hob kurz eine Braue und las dann die Barcodes ein.

"Geschenke?", fragte sie beiläufig und Ji-Woo nickte.

"Für Anna." Er trat zur Seite und schob Anna etwas vor, von wo sie sich etwas hinter ihn gestellt hatte um weniger aufzufallen. Der Blick der Kassiererin fiel auf Anna und sie grinste warm.

"Alles Gute. Der wievielte ist es?", fragte sie und begann die Geschenke in eine braune Papiertüte zu legen.

"Der neunzehnte", sagte Anna leise und ihr sonst so blasses Gesicht bekam ein wenig Farbe unter der Aufmerksamkeit.

13

Die Kassiererin lächelte etwas breiter, was ihre weißen Zähne offenbarte und dann lehnte sie sich zur Seite um einen Stift aus einem türkisenen Glas zu ziehen. Sie legte ihn zu den Geschenken dazu.

"Kleines Extra, zur Feier des Tages", sagte sie mit einem schiefen Grinsen.

"Nein, ich könnte nicht –", begann Anna und die Frau lehnte sich mit den Ellbogen auf die Theke.

"Oh, aber ich bestehe darauf. Jemand der so hübsch ist wie du, verdient ein hübsches Geschenk", sagte sie leichthin und Annas Augen weiteten sich überrascht, ehe sie verlegen aber mit einem kleinen Lächeln etwas den Kopf senkte.

"Danke", murmelte sie und nahm die Tüte von der Kassiererin entgegen. Bevor jedoch noch etwas gesagt werden konnte, trat ein weiterer Kunde zu ihnen und Lisa machte mit ihren Freunden Platz, ihre Einkäufe sicher in ihren Händen.

"Ich bin fast mit dem Bild fertig und mir ist eine Farbe ausgegangen. Eure Perlmuttfarbe scheint allerdings auch aus zu sein", sagte er und er hatte genauso wie die Kassiererin Farbe an den Händen. Ähnlich wie von dem Laden, schien auch eine Energie von ihm auszugehen. Er wirkte jedoch aufgeregt und erfreut, wie der gelungene Versuch Steine mehrfach über das Wasser hüpfen zu lassen. "Das Regal ist an der Stelle leer, ich hoffe, du hast noch welche irgendwo?"

"Die Farbe ist leider noch in Produktion", antwortete die junge Frau bedauernd und der Mann sackte ein wenig in sich zusammen. "Am Montag dürfte ich sie allerdings fertig haben. Ich werde dir ein Glas davon zur Seite stellen."

Der Mann nickte dankbar, doch mehr konnte Lisa von ihrem Gespräch nicht mehr verstehen, da sie den Laden mit ihren Freunden wieder verließ.

Draußen zog etwas Lisas Aufmerksamkeit auf sich und sie bückte sich überrascht. Auf den Pflastersteinen lag ein Geldschein.

Ji-Woo lachte kurz. "Das nenne ich mal Glück, Lisa", meinte er grinsend. "Man findet nicht jeden Tag Geld auf dem Boden."

"Stimmt." Anna nickte. Sie war immer noch ein bisschen rot im Gesicht und ihr Lächeln war erfreut und gefüllt mit Leichtigkeit und Humor. Lisa gab ihnen recht. Es passierte selten, dass einer von ihnen mal etwas fand und sie wandte den Schein kurz zwischen ihren Fingern, ehe sie ihre Freunde ansah.

"Ich lade euch auf ein Eis ein", sagte sie dann und hielt kurz das Geld hoch. "Wenn ich es schon finde, kann ich es auch teilen."

Ji-Woo legte ihr und Anna einen Arm um die Schultern, wobei Lisa wieder bemerkte, dass er kaum einen halben Kopf größer war als sie selbst.

"Meine Damen, ich weiß genau, wo wir hin gehen", sagte er vergnügt und zog sie mit sich die Straße hinab in Richtung der Docks.

"Was hat die Frau dir eigentlich geschenkt?", fragte Ji-Woo dann an Anna gewandt. Sie warf einen Blick in die Tüte und holte etwas hervor.

"Einen Stimmungsstift", sagte sie, sobald sie das Etikett gelesen hatte und sie zog den Stift aus seiner Verpackung. "Angeblich ändert er die Farbe, je nachdem wie es mir geht."

Ji-Woo hob eine Augenbraue. "Ich weiß ja nicht recht. Wahrscheinlich ist die Tinte so eingefüllt, dass sich nach einer gewissen Zeit die Farbe wechselt. Diese Stimmungsringe, die immer noch so beliebt bei Touristen sind, sind schließlich auch eher Schwachsinn."

Anna musterte den Stift etwas länger und schrieb dann auf die Handfläche ihrer anderen Hand. Die Farbe, die der Stift hinterließ, war von einem gräulichen, dunkleren Blau und änderte sich dann langsam zu einem hellen Himmelsblau, ehe die Farbe zu einem sanften Gelb schwang.

Ji-Woo sah überrascht auf ihre Hand. "Eigenartig. Wir können den Stift ja ausprobieren."

An der Eisdiele angekommen und nach dem Ji-Woo zusammen mit ihrem Eis noch ein paar mehr Servietten geholt hatte, taten sie das. Ji-Woos saubere Schrift wurde von einem grünlichen braun zu einem leichten orangenen rot. Lisa, die direkt darauf ein paar Kringel auf die Serviette malte, hinterließ hellblaue Muster.

"Okay, das ist cool", gab Ji-Woo zu und Anna schob den Stift vorsichtig und mit einem kleinen, erfreuten Grinsen in ihre Tüte zurück. "Sag Bescheid, wenn du denkst, der Stift ändert wirklich je nach Stimmung die Farbe."

In diesem Augenblick hörten sie einen wütenden Ruf und Lisa neigte sich mit ihren Freunden etwas zur Seite, um an einer Dekorationspflanze der Eisdiele vorbei blicken zu können. Sie saßen draußen und konnten nun zu den Docks sehen, die nur ein paar Meter entfernt begannen.

"So eine verfluchte Scheiße", schimpfte ein Fischer, das Gesicht wettergegerbt und die Hände schwielig und stark von der harten Arbeit auf See. "Die westliche Bucht ist die Hölle, irgendwas im Wasser zerreißt die Netze."

"Das sind die Meermenschen", sagte in diesem Moment ein anderer, weitaus älterer Fischer, der entspannt an einem Pfeiler der Docks lehnte. Er sprach gerade noch laut genug, dass Lisa und ihre Freunde ihn verstehen konnten. "Jeder weiß, dass die Bucht im Westen nie Fang bringt."

"Oh, verschone mich", grollte der Mann mit den zerrissenen Netzen, der sie in einer großen Kiste vom Schiff zerrte. "Ich habe inzwischen genug von Meerjungfrauen, Wassertrollen und Höhlengeistern gehört. Ich bin kein Kind mehr, erzähl diesem Mist jemandem, der's glaubt."

Der alte Fischer hob missbilligend eine Augenbraue. "Wassertrolle und Höhlengeister gibt es nicht." Dann grinste er spitzbübisch. "Aber Wassergeister und Höhlentrolle, die schon."

Der andere Mann stöhnte aufgebracht auf und stapfte dann finster und übel vor sich hin schimpfend und fluchend davon.

Jeder, der etwas Zeit am Hafen verbrachte, kannte die Geschichten, die von den alten Seefahrern erzählt wurden. Lisa selbst hatte schon die eine oder andere gehört, als ihr Vater mit ihr an freien Tagen ans Meer gefahren war.

Er hatte es vor allem nach dem Tod ihrer Mutter häufiger getan, auch wenn Lisa zugeben musste, dass sie sich nicht viel an ihre Mutter erinnerte. Sie war noch zu jung gewesen.

Laut den alten Seebären gab es in einer Bucht, die ein oder zwei Meilen Richtung Westen der Küste entlang entfernt lag, tief unten eine Höhle mit Meermenschen, die Netze zerrissen und Schiffe zum kentern brachten. Auf den Wellen zu weit außerhalb des Hafens tanzten die Wassergeister und brachten die Wellen dazu, hoch aufzuschlagen und Höhlentrolle grölten in stürmischen Nächten durch die Höhlen, Klüften und Nischen der Klippen, die sich entlang des Meeres wie furchige Riesen erhoben.

Es waren oftmals sogar überraschend nette Geschichten und Lisa war sich sicher, dass selbst die alten Fischer sie als Märchen abtaten.

Dennoch suchte niemand außer den jüngeren Seefahrern die westliche Bucht auf. Die alten Fischer rieten auch Touristen oder Seglern davon ab, sich dort aufzuhalten oder zu weit auf das Meer hinaus zu fahren.

"Wer an so etwas glaubt, kann auch gleich an Feen und Kobolde glauben", sagte Ji-Woo in diesem Augenblick kopfschüttelnd. "Oder Riesen und Drachen." Er wandte sich seinem Eis zu. "Bestimmt liegt es an Strömungen und scharfen Unterwasserfelsen, dass die westliche schlechten Fang bringt."

Lisa und Anna wandten sich ebenfalls ihrem Eis zu, wobei Lisa insgeheim bei sich dachte, dass es schön wäre, wenn es Fabelwesen wirklich gäbe. Wenn etwas von der Magie in den vielen Geschichten auch wirklich in dieser Welt existieren würde.

Doch sie behielt diese Gedanken für sich und sobald sie aufgegessen hatten, machten sie sich zusammen wieder auf den Heimweg.

Ji-Woo setzte Lisa zuerst ab, ehe er zu Anna und dann zu sich nach Hause fuhr.

Ihr Vater war wieder Zuhause, als Lisa zurück kam und grüßte sie mit einem halb abwesenden Ruf, während er über seinem Laptop gebeugt da saß. Lisa warf im vorbeigehen einen Blick darauf und sah, dass er sich nach einem Esstisch umsah.

Ihren alten hatten sie weggeworfen, da er bereits zu wackelig und abgenutzt war, um ihn in ihr neues Zuhause mitzunehmen.

Nach einem schnellen Abendessen fanden sie sich gemeinsam für einen Filmeabend auf dem Sofa ein und eine Schale Popcorn wanderte zwischen ihnen hin und her. Lisas Vater pflegte immer zu sagen, dass er teilweise nur dank ihr noch mitbekam, was alles so in den Kinos erschien.

In dieser Nacht, in einem Zimmer ohne Kartons und mit neuen Dekorationen, fand Lisa ihr neues Zuhause weniger fremd als zuvor. Die Geräusche waren immer noch ungewohnt, doch Lisa liebte den ganzen Platz, den ihre kleine Wohnung, in der sie zuvor gelebt hatten, nicht geboten hatte.

Sie liebte die Ruhe der kleinen Nachbarschaft und wie nah sie dem Meer von hier waren. Es war doch die beste Entscheidung gewesen, ihre Wohnung in der Stadt aufzugeben und an den Rand zu ziehen, auch wenn Lisa anfangs Bedenken gehabt hatte.

Sie schlief in dieser Nacht erst spät und langsam ein und ihre Träume wurden begleitet von dem Rauschen von Wellen und einem sanften, hellen Summen.

~*~

Das neue Haus verlor bereits am Ende der dritten Woche das Gefühl von Fremdheit. Lisa kannte inzwischen die Stufen und Kanten des Hauses gut genug, dass sie selbst im Halbschlaf die Küche oder das Wohnzimmer erreichte, ohne zu stolpern oder mit der Schulter gegen die Ecken der Wände zu stoßen.

Heute war auch der letzte Tag, den ihr Vater im Schichtdienst verbrachte und Lisa war froh darum, als sie ihn am späten Morgen nach Hause kommen sah, müde und beinahe schon grau im Gesicht.

"Harte Schicht?", fragte sie ihn, während er die Schuhe und seine Jacke auszog. Anschließend hängte er die Schlüssel an das kleine Metallkästchen im Flur. Ihr Vater betrat das Wohnzimmer und strich im vorbei gehen, wie Lisa es auch oft tat, über einen der Bilderrahmen mit einem Foto ihrer Mutter.

"So was in der Art", murmelte er vage und müde. Er trank ein paar Gläser Wasser, ehe er sich auf den Weg nach oben in sein Schlafzimmer machte.

"Ich bin später weg", rief Lisa noch rasch hinterher und hörte ein zustimmendes Geräusch von ihm, ehe die Tür seines Schlafzimmers leise ins Schloss fiel.

Anna hatte Lisa eingeladen, später wieder zum Hafen zu fahren. Ji-Woo hatte abgelehnt sie zu begleiten, da er bereits mit einem anderen Freund zum Kampfsporttraining verabredet war. Er hatte ihnen jedoch versprochen, das nächste Wochenende für sie frei zu halten.

Lisa vermutete, dass Anna wahrscheinlich hauptsächlich im *Seashells & Seashore* vorbeisehen wollte. Ihre Freundin hatte auch berichtet, dass der Stimmungsstift ihrer Meinung nach tatsächlich funktionierte wie versprochen.

Wenn sie traurig oder gestresst war, schrieb er in grauen oder trüben Farben. Fühlte sie eine Emotion stärker, wurde eine bestimmte Farbe deutlicher und fühlte sie sich einfach zufrieden, dann war die Farbe meist recht hell und entweder von einem sanften blau, rosa oder gelb. Freude oder Aufregung bekam oft eine kräftige, orangene oder rötliche Farbe.

Lisa überlegte selbst, ob sie für sich so einen Stift kaufen sollte, doch gleichzeitig wusste sie nicht wofür. Sie führte kein Tagebuch und sie schrieb auch sonst nichts auf.

Allerdings war sie sich auch recht sicher, dass sie immer noch nicht alles von dem Laden gesehen hatte, und so fand Lisa sich am Nachmittag wieder am Hafen ein, mit Anna an ihrer Seite.

Der Wind war heute stark, er pfiff durch die Straßen und Gassen und trug den Geruch nach Salzwasser, Seetang und Fisch mit sich. Graue Wolken sammelten sich immer mehr am Himmel und Lisa sah, wie die letzten Boote wieder bei den Docks anlegten.

"Es stürmt oder regnet später wahrscheinlich", sagte sie und machte Anna auf das Wetter aufmerksam. Ihre Freundin runzelte etwas besorgt die Stirn.

"Es dauert hoffentlich noch etwas, damit wir trocken wieder heim kommen. Komm, wir sind gleich da."

Wie Lisa vermutet hatte, zog Anna sie auf den Laden zu und ihr eintreten wurde von demselben, hellen Klingeln begleitet wie beim letzten Mal. Lisa sah kurz auf, sobald sie das Geräusch hörte und bemerkte eine kleine, silbern schimmernde Glocke über der Tür.

Dieses Mal roch der Laden nach Abenden mit heißer Schokolade oder warmen Tee, begleitet von dem Gefühl in weiche, flauschige Decken gehüllt zu sein, während draußen der Regen gegen das Fenster prasselte.

Lisa wusste nicht, wie diese Gerüche bloß zustande kamen, doch die Energie im Laden war dieselbe wie letztes Mal. Entspannend und einladend, während sich draußen die Luft staute, in Erwartung für das schlechte Wetter, dass sich über ihnen zusammenbraute.

Dieselbe Kassiererin wie letztes Mal saß hinter dem Tresen und warf ihnen ein Lächeln zu, sobald Lisa und Anna an ein paar Regalen entlang weiter in den Laden hinein traten.

Sie musterten die Malartikel und Lisa sah in ein paar anderen Regalen auch noch verschiedene Feilen und Hammer sowie Meißel für sowohl Stein- als auch Holzarbeiten.

Anna war neben einer Reihe von Pinseln stehen geblieben, auch wenn ihr Blick im Augenblick auf dem großen Bild ruhte, dass dort zwischen den Regalen hing.

Es war eine Malerei des Meeres, jedoch nicht von dem Hafen die Straße hinab. Es sah eher aus wie ein karibisches Meer, oder von einem Gewässer in einem ähnlichen türkis-blau. Eine Insel war ebenfalls zu sehen, mit einigen großen, hellen Gebäuden darauf, umgeben von grüner Vegetation und warmer Sonnenschein ergoss sich hell und fast weiß über die Wellen und die Klippen der Insel.

Lisa wandte sich gerade wieder ab, als sie das helle Klingeln der kleinen Glocke hörte. Unwillkürlich warf sie einen Blick über die Schulter und hielt überrascht inne. Sie erkannte die blonde Frau, die eintrat, vage, bis sie sich erinnerte. Es war dieselbe Frau, die sie beim Einkaufen gesehen hatte.

Heute trug sie anstatt der Lederjacke und ihrem Shirt ein zu großes Sporthemd, in dunkelblau mit weißen Streifen an den Ärmeln. Auf dessen Rücken war in ebenso weißen Lettern der Name *Aaron* aufgedruckt, zusammen mit einer ausgeprägten, weißen *4* darunter. Erst jetzt kam Lisa der Gedanke, dass die Kleidung der Frau vielleicht nicht exklusiv ihre eigene war.

Die fremde Frau sah kurz zur Seite, beinahe wie beiläufig und ihre Blicke begegneten sich für einen Augenblick. Dieses Mal sah sie weniger ernst aus und sie schien Lisa ebenfalls zu erkennen.

Dann wandte die Frau sich wieder ab und trat an die Kasse. Lisa sah zu Anna zurück und hörte ein paar undeutliche, gedämpfte Worte, ehe die Fremde wieder durch die Regale ging und die Treppe nach oben zur Boutique verschwand.

"Sagt Bescheid, wenn ihr etwas bestimmtes sucht", ließ die junge Frau an der Kasse sie wissen und Lisa warf ihr ein freundliches Nicken zu.

Sie bemerkte kaum, wie die Zeit verging, bis die ersten Regentropfen begannen schwer gegen das große Schaufenster des Ladens zu prasseln und daran herab zu rinnen.

Wenige Momente darauf setzte eine wahre Sintflut ein und die Straße leerte sich binnen von Minuten, während der Regen begann sich in Rinnsalen zu sammeln und zwischen den Pflastersteinen zu den Abflüssen zu laufen.

Lisa wandte sich Anna zu, die jedoch nicht länger an den Artikeln des Ladens interessiert war. Lisa folgte ihrem Blick und sie bemerkte, dass ihre beste Freundin die Kassiererin unauffällig ansah.

Die rothaarige Frau sah in das stürmische Wetter hinaus, entspannt und aufmerksam zugleich. Ein kleines Lächeln spielte in ihren Mundwinkeln und als Lisa mit Anna näher trat, hörten sie, dass die Frau leise summte. Das Summen war ein wenig rau, wenn auch warm auf eine angenehme Art und Weise.

Dann jedoch bemerkte die Kassiererin sie und richtete sich mit einem Lächeln auf. Lisa könnte schwören, dass das Lächeln etwas breiter wurde, als die Frau Anna ansah.

"Habt ihr gefunden, was ihr gesucht habt?", fragte sie und Anna legte vorsichtig ein paar Ohrringe und Armbänder auf den Tresen. Sie zögerte kurz und legte dann noch eine Postkarte von dem kleinen Stand auf dem Tresen dazu.

"Gute Wahl, Anna", sagte die Kassiererin und begann die Artikel einzuscannen, während Anna wieder etwas rot wurde und nervös auf den Geldbeutel zwischen ihren Fingern hinab sah. "Und es freut mich, dich wieder zu sehen."

Anna nickte stumm und schluckte leicht, ehe sie das Geld überreichte und die Papiertüte mit ihren Einkäufen entgegen nahm.

"Mich auch..." Sie hielt inne und für einen Moment glaubte Lisa, dass ihre Freundin der Mut verließ und sie umdrehen und in den Regen hinaus eilen würde. Doch Anna blieb stehen und ließ dadurch ein fragendes Schweigen entstehen.

"Ragna", sagte die Verkäuferin mit einem kleinen Grinsen und lehnte sich auf dem Tresen etwas vor, ihr Blick interessiert und aufmerksam. "Mein Name ist Ragna."

In diesem Moment kam Lisa nicht umhin, sich überflüssig zu fühlen und sie wandte sich etwas ab, um unauffällig den Blick schweifen zu lassen. Der Moment wurde unterbrochen, als die blonde Fremde von zuvor wieder die Treppe herab kam. Anna trat rasch einen Schritt zurück, jetzt gehemmt und unsicher, während sie ein wenig roter wurde als zuvor. Sie murmelte rasch einen Abschied und ergriff dann Lisas Arm, um sie mit sich aus dem Laden zu ziehen.

Draußen wurden sie innerhalb von wenigen Augenblicken bis auf die Knochen durchnässt und Anna drückte die Papiertüte gegen ihre Brust, in der Hoffnung, sie wenigstens etwas vor dem dichten, schweren Regen schützen zu können.

Sie eilten gemeinsam die Straße entlang zur Busstation, so schnell wie sie es in dem Wetter wagen konnten. Die ohnehin schon glatten Pflastersteine wurden geradezu spiegelglatt unter ihnen und sie mussten aufpassen, dass sie nicht ausrutschten.

Sie hielten die Köpfe gegen den Regen gesengt und achteten kaum noch auf etwas anderes, als auf den Füßen zu bleiben und den Bus zu erreichen.

Lisa huschte rasch an einer Seitenstraße vorbei, da bemerkte sie auf einmal das Licht von Scheinwerfern, sowie das Quietschen von Bremsen, ehe sie die Front eines Autos auch schon an der Seite traf.

Lisa spürte, wie die Luft aus ihren Lungen entfloh, sie hart gegen das Auto knallte und über die Motorhaube rollte, ehe sie auf dem Boden aufprallte.

Ihre Stirn schlug auf dem Pflaster auf und für einen Moment wurde alles schwarz um sie herum, ehe heißer Schmerz in ihre Schläfe biss, während ihr Herz entsetzt und erschrocken in ihrer Brust raste.

"Scheiße, Mädchen!", fluchte der Autofahrer, der den Wagen rasch zurück rollen ließ und ausstieg. Noch bevor er sie erreichte, kniete die blonde, fremde Frau neben ihr, ihr Gesicht ernst und besorgt.

"Ganz ruhig", sagte sie. "Du hast eine Kopfwunde, beweg dich besser nicht."

Lisa konnte sich ohnehin kaum bewegen, ihr Kopf dröhnte von dem Aufprall auf dem Boden und sie schnappte nach Luft. Ihr ganzer Körper fühlte sich unkoordiniert an und als wäre er von ihr entfernt.

"Mein Fuß", keuchte sie auf einmal rau und dünn, sobald sie außerhalb ihrer verschwommen Sicht, ihrem rasenden Herzschlag und dem Schmerz in ihren Schläfen noch etwas anderes wahrnahm. Nur vage bemerkte sie Anna, die neben dem Auto stand, bleicher als sonst und mit weit aufgerissenen Augen, während neben ihr der Fahrer nervös den Notarzt rief.

Die Frau nickte, bis sie plötzlich inne hielt und ihre Augen weiteten sich. "Verdammt, pass auf, wo du das machst", flüsterte sie auf einmal und winkte kurz ihre Hand über Lisas Stirn. "Halt am besten still, ich bin miserabel mit Illusionen."

"Was?", murmelte Lisa, verwirrt und sie hielt inne, als sie spürte, wie ihre Schläfe kühl und der Schmerz dumpf wurde, ehe er langsam zu schwinden begann.

"Aber nicht schlecht", fügte die Frau leise hinzu. "Du hast nicht wenig Talent, oder? Dein Lehrer hat dir schon einiges beigebracht, wenn du verletzt so etwas hinbekommst."

Lisa starrte sie verwirrt und verständnislos an und die Frau runzelte die Stirn, ehe ihre Augen sich weiteten und sie fluchend mit einer Hand Regen aus ihrem Gesicht wischte.

24

"Scheiße, vergiss was ich gesagt habe", flüsterte sie dann und lehnte sich etwas zurück. "Ist nicht so wichtig. Der Regen hat mich Dinge sehen lassen."

Lisa setzte dazu an etwas zu sagen, doch die Frau schüttelte leicht den Kopf und sah sie eindringlich und grimmig an.

"Ich habe nichts gesagt und du hast nichts gehört, verstanden?"

Lisa nickte zögerlich und bemerkte, dass ihr nicht länger schwindelig war. Die Verwirrung jedoch wuchs und ihr schneller Herzschlag wurde davon nicht besser, als noch mehr Nervosität sich dazu schlich. Was passierte hier?

"Gut." Die Frau sah auf und einen Moment später fuhr ein Krankenwagen heran und hielt neben ihnen, ehe die Türen aufgerissen wurden.

Die Notärzte fragten Lisa und den Fahrer was passiert war, ehe sie Lisas Hals fixierten und sie auf eine Trage hoben. Anna durfte mit ihnen mitfahren und ihre Freundin schien von mehr als dem kühlen Regen zu zittern, denn ihre Hände, mit denen sie immer noch die Papiertüte umklammerte, bebten.

Auf halbem Weg zum Krankenhaus hob sich Lisas Schock genug, dass sie sich an ihren Vater erinnerte. Er würde außer sich vor Sorge sein.

Im nächsten Krankenhaus wurde Lisa untersucht und nach einigen Tests und Scans teilten ihr die Ärzte teilten mit, dass sie Glück gehabt hatte. Sie hatte keine Verletzungen und keine Gehirnerschütterung davon getragen.

Lisa verschwieg, dass ihr Fuß auf der Fahrt hierher noch geschmerzt hatte und dass ihr Kopf eindeutig etwas abbekommen hatte. Jetzt jedoch fühlte sie sich, als hätte der Unfall nie stattgefunden und weder ihr Fuß noch ihr Kopf machten ihr Schwierigkeiten. Ein Blick auf ihre Seite zeigte, dass sie von dem Zusammenprall mit der Motorhaube nicht einmal blaue Flecken erhalten würde.

Sie wusste nicht, wie sie es den Ärzten sagen sollte, ohne wie ein Hypochonder zu wirken. Immerhin, wie sollte sie Verletzungen erklären, die nicht mehr da waren? Und sie war sich sehr sicher, dass sie verletzt gewesen war, egal was die fremde Frau ihr hatte weißmachen wollen. So blieb Lisa still und bemerkte am Rande, dass sie sich ein wenig taub fühlte, so als wären all ihre Sinne gedämpft. Es hielt auch den Schreck und die Verwirrung etwas in Schach, wenn auch nur für diesen Moment.

Anna wartete in der Notaufnahme auf sie, sobald die Ärzte sagten, dass sie gehen konnte, wenn sie sich gut genug fühlte und jemand sie nach Hause bringen würde. Ihre Freundin sah unglaublich erleichtert aus, sobald Lisa durch die Tür trat. Anna war bleich wie die Wand und ihre Finger zitterten leicht, als sie Lisa vorsichtig umarmte.

"Ich hatte solche Angst", flüsterte sie und ihre Stimme bebte.

Bevor Lisa etwas sagen konnte, wurde die Tür zur Notaufnahme aufgerissen und ihr Vater trat rasch ein. Er sah ebenfalls blass und verängstigt aus. Sobald sein Blick auf sie fiel, konnte Lisa deutlich seine Erleichterung sehen und er eilte auf sie zu.

"Geht es dir gut? Was ist passiert?" Er musterte sie genau, ehe er sie in die Arme schloss. "Sie haben mich angerufen und gesagt, du hattest einen Unfall."

"Ich hatte Glück", sagte Lisa und so langsam begann das Wort sich seltsam anzufühlen. Glück. Sie war sich recht sicher, dass das hier nichts mit Glück zu tun hatte.

Unwillkürlich hob sie die Hand und strich mit den Fingerspitzen sehr vorsichtig über ihre Stirn. Da war kein Schmerz, keine Schwellung, nichts. Nicht einmal ein Kratzer.

Sie spürte auch kein getrocknetes Blut, wobei Lisa sich sehr sicher war, dass der schwere Regen das fort gewaschen hatte, wenn welches da gewesen war.

Ihr Vater verließ für einen Moment ihrer Seite, um sich mit Lisas behandelndem Arzt in der Notaufnahme zu unterhalten. Sobald der

Mann ihm versichert hatte, dass ihr nichts fehlte, schien er sich etwas zu beruhigen.

"Kommt, ihr beiden." Ihr Vater schob sie sanft Richtung Ausgang und wandte sich ihr dann zu. "Sag sofort Bescheid, wenn dir schwindelig wird, ja? Ich fahre dich zurück ins Krankenhaus, solltest du verspätet noch etwas merken."

"Okay", stimmte Lisa zu und sie ließ sich von ihrem Vater aus dem Krankenhaus führen. Anna ging neben ihr her und sie beobachtete Lisa genau, so als sorgte sie sich, ob doch noch etwas passieren oder sie unerwartet ohnmächtig werden würde.

Lisas Vater hatte seinen Wagen nahe am Eingang geparkt und er bot Anna an, sie auf dem Heimweg am Bahnhof abzusetzen, vor allem damit sie nach dem Schock und in diesem schlechten Wetter nicht alleine laufen musste und schneller nach Hause kam.

Anna nahm das Angebot erleichtert an, wobei sie Lisa auch das Versprechen abnahm, dass sie in den nächsten Tagen anrufen würde.

Bevor sie den Bahnhof erreichten, erinnerte Lisa sich daran, Anna zu fragen, ob sie etwas von dem gehört hatte, das die fremde Frau gesagt hatte. Ihre Freundin jedoch schüttelte den Kopf und gab zu, dass sie sich überhaupt nur noch an wenig erinnerte, das Adrenalin oder auch der Schock hatten ihre Erinnerungen verwaschen.

Sobald Anna am Bahnhof abgesetzt wurde, dauerte es nicht mehr lange, bis Lisa wieder Zuhause war und sich mit trockener Kleidung auf das Sofa setzte.

Sie trank ein Glas Wasser um ihren Vater zu beruhigen, der sich immer noch sorgte, ob es ihr auch wirklich gut ging, auch wenn Lisa es ablehnte, etwas zu essen.

Langsam löste sich das Gefühl von Taubheit entlang all ihrer Sinne auf und Lisa musste das Glas zur Seite stellen, als ihre Hände begannen zu zittern.

Ihre Gedanken verloren etwas von ihrer Stille und sie begann alles das geschehen war, vor ihrem inneren Auge abzuspielen.

"Lisa." Ihr Vater trat neben sie und zog ihre Aufmerksamkeit in die Gegenwart zurück. "Kannst du mir erzählen, was genau passiert ist?" Sie nickte knapp und sagte ihm woran sie sich erinnerte. An den dichten Regen, dass sie sich beeilt hatte ohne aufzupassen. Das Auto war in ihrer Unachtsamkeit für sie praktisch aus dem Nichts erschienen, wobei es nur aus einer kleinen Seitenstraße heraus gefahren war. Der Fahrer hatte sie in dem dichten Regen zu spät gesehen, um rechtzeitig zu bremsen.

Ihr Vater atmete leise tief durch und legte ihr dann eine Hand auf die Schulter. "Ich bin froh, dass dir nichts passiert ist." Er zog sie in eine Umarmung. "Und sei in Zukunft vorsichtiger, bitte. Ich will nicht, dass dir noch einmal etwas passiert."

"Ich werde aufpassen", versprach sie. So einen Schrecken brauchte sie wirklich nicht noch einmal. Dann wanderten ihre Gedanken wieder zu dem was passiert war und was die fremde Frau gesagt hatte.

Ihr Vater erhob sich mit einem Nicken und machte sich daran, eine Mail für die Versicherung zu schreiben um zu sehen, ob Kosten für den Unfall für ihn anfallen würden.

Lisa zog sich auf ihr Zimmer zurück. Ihre Hände zitterten immer noch und inzwischen fühlten sich ihre Knie etwas weich und wackelig an. Sie musste nachdenken. Lisa konnte sich nicht vorstellen, dass sie sich alles nur eingebildet hatte.

Wie von selbst wanderte ihre Hand zu ihrer Stirn und sie ließ sich auf ihr Bett sinken. Ihr Blick fiel dabei auf ihr Laptop und nach einem Moment des Zögerns ergriff sie es. Sie brauchte Antworten und vielleicht konnte sie die im Internet finden. Im Augenblick war das die einzige Anlaufstelle, die sie hatte für ihre Verwirrung und den Unfall.

Sobald das Laptop hoch gefahren war, begann sie zu suchen.

Lisa begann mit Kopfwunden, die von selbst verheilten bis hin zu den Auswirkungen von Adrenalin. Doch egal wie viel sie nachsah, die Ergebnisse klangen entweder nach Schwachsinn oder passten nicht in das, was geschehen war. Im Grunde gab es keine Erklärung auf den medizinischen Seiten.

Zuletzt, als letzten Versuch, suchte sie nach Halluzinationen und nach Auswirkungen von Schock und Trauma.

Doch selbst das erklärte nicht genug, dass Lisa es glauben konnte. Hinter ihren Schläfen begann es zu pochen. Sie schloss die Augen und fuhr sich frustriert durch die Haare.

Dann hielt sie inne, als ihr ein Gedanke kam, so verrückt und abwegig, das sie genauso gut an ein medizinisches Wunder oder andere, verrückte Theorien glauben konnte. Was, wenn etwas anderes mit im Spiel war?

Die Fremde hatte von Talent und Illusionen gesprochen. Lisa schluckte und bemerkte, wie trocken ihr Mund war. Konnte es sein…nein, es war doch nicht möglich…doch was wenn doch? Oder war die fremde Frau vielleicht letztendlich die Verrückte? Sie hatte jedoch so klar und kontrolliert gewirkt…

Lisas Herz schlug etwas schneller und sie rieb die Fingerspitzen aneinander und tastete noch einmal ihre Stirn ab. Sie warf auch noch einen Blick auf ihren Fuß, der jedoch so aussah wie immer.

Wenn sie ehrlich war, wusste sie nicht, was sie glauben sollte. Magie klang so weit hergeholt und Menschen hatten schon an anderes geglaubt, einfach nur weil ihr Kopf etwas abbekommen hatte.

Doch es war so real gewesen. So wirklich, so echt. Was, wenn es wirklich eine Erklärung für alles gab, doch die lag außerhalb von allem, das Lisa kannte?

Wollte sie es dann überhaupt wissen?

Ihr Handy vibrierte neben ihr auf dem Nachtkästchen und Lisa griff rasch danach, erleichtert über die Chance sich abzulenken. Sie fühlte sich fast schon ein bisschen verrückt, allein schon weil sie die Idee von etwas Übernatürlichem in Betracht zog. Das klang so abwegig, es konnte eigentlich nicht stimmen oder möglich sein.

Ein Blick auf ihr Handy offenbarte, dass Ji-Woo jetzt wusste was passiert war und wissen wollte wie es ihr ging. Lisa ergriff die Ablenkung mit beiden Händen und rief ihn an um ihm zu erzählen, was geschehen war. Inzwischen fühlte sich die Geschichte immer unwirklicher an und ein kleiner, leiser aber beharrlicher Teil von ihr flüsterte fragend, ob sie sich die Worte der Fremden vielleicht nicht eingebildet hatte.

"Hast du ein verdammtes Glück gehabt", seufzte Ji-Woo schließlich und er klang deutlich erleichtert, ehe er tief ausatmete. "Als Anna mir gesagt hat, du hattest einen Unfall, habe ich mir Sorgen gemacht."

Lisa öffnete den Mund und setzte dazu an etwas zu sagen, ehe sie inne hielt. Was wollte sie auch hinzu fügen? Dass sie glaubte, eine Kopfwunde gehabt zu haben, die von selbst verheilt war? Das klang, als wäre sie wahnsinnig. Wahnsinnig oder...

Sie schloss ihren Mund wieder und biss sich auf die Lippe. Lisa wusste selbst nicht, was geschehen war und sie beendete kurz darauf den Anruf.

Doch selbst danach saß sie stundenlang wach da, durchforstete immer wieder das Internet und wagte sich auch an Artikel über Magie. Konnte es wirklich sein? Es klang so...so weit her geholt. Wie ein Märchen, oder eine Geschichte. Nicht wie etwas, dass jemandem wirklich passieren konnte.

Sie war eine mollige, junge Frau, am Beginn des Erwachsenwerdens und in ihrem bisherigen Leben, hatte Lisa nie mit Magie zu tun gehabt. Nicht einmal mit Straßenmagiern oder Illusionskünstlern.

Und gleichzeitig wusste Lisa, dass ihr die Sache keine Ruhe lassen würde.

Sie überlegte jetzt schon, in den nächsten Tagen an den Hafen zurück zu fahren, in der Hoffnung, dort irgendwo Antworten zu finden.

Sie atmete tief durch. Selbst wenn ihr die Antworten nicht gefallen würden, sie wollte heraus finden, was wirklich passiert war.

Kapitel 2

Lisa bekam früher eine Chance, als sie gedacht hatte. Bereits zwei Tage später, in denen sie immer wieder in Betracht zog, sich doch alles eingebildet zu haben und diesen Gedanken wieder verwarf, sah sie beim einkaufen die fremde Frau wieder.

Dieses Mal trug die Frau eine hellblaue Jeans mit festen, robusten Schuhen und ein dunkles Top mit weißen Mustern und Symbolen. Sie trug keine übergroßen Jacken oder Hemden, doch dafür hatte sie eine Umhängetasche dabei.

Lisa schluckte und trat dann auf die Fremde zu. Sie war die einzige mit Antworten. Lisa wischte nervös ihre Hände an ihrer Hose ab und wünschte sich, sie wäre nicht so aufgeregt, dass ihr Herz nicht so schnell schlagen würde oder dass ihre Knie sich nicht so weich anfühlten.

Sobald sie neben ihr stehen blieb, sah die Frau auf. Sie erkannte Lisa sofort wieder und sah sie an, als erwartete sie, dass Lisa wieder gehen würde. Als sie das nicht tat, seufzte die Frau leise und fuhr sich durch die offenen, hellblonden Haare.

"Was ist wirklich passiert?", fragte Lisa und versuchte so viel Entschlossenheit wie möglich in ihre Stimme zu legen, obwohl sie sich in Wahrheit nervös und unsicher fühlte.

Die Frau musterte sie eingehend und seufzte dann erneut. "Ich kenne diesen Gesichtsausdruck", sagte sie schließlich und schüttelte leicht den Kopf. "Du weißt nicht, wonach du hier frägst."

"Und genau deshalb frage ich." Lisa richtete sich etwas weiter auf und ihr Herz schlug schnell und stark in ihrer Brust. "Ich *weiß*, dass ich mir nichts eingebildet habe."

Die Fremde wandte den Blick ab und trommelte mit den Fingern auf ihrem Bein, ehe sie Lisa schließlich wieder ansah.

"Lass mich das erst abklären. Wenn du alle Antworten willst, hat das Konsequenzen." Sie hob eine Schulter. "Außerdem hast du nicht wenig Talent, das würde dir früher oder später wieder auffallen. Oder anderen, vor allem, da du es anscheinend bereits unterbewusst verwendest."

"Was ist dieses Talent?", fragte Lisa und Erleichterung darüber, dass sie nicht gleich weggeschickt oder abgewimmelt wurde, ließ sie leichter atmen.

Die Frau schüttelte den Kopf. "Ich muss erst etwas klären. Hier." Sie zog einen Stift aus ihrer Umhängetasche, zusammen mit einem Taschenkalender. Sie schrieb etwas auf eine der Notizseiten und riss die Seite heraus, die sie dann Lisa aushändigte.

"Meine Nummer. Ruf mich am Wochenende an und ich sage dir, wie viele Antworten ich für dich habe und was wir weiter machen, wenn du weiterhin entschlossen bist es zu erfahren."

Lisa nahm die Seite rasch entgegen, bevor die Frau es sich anders überlegen konnte. Ihr Gesichtsausdruck sagte bereits, dass sie sich bei der Sache nicht ganz sicher war. Ohne ein weiteres Wort und mit einem kleinen, knappen Nicken wandte die Fremde sich um und ging mit langen, raschen Schritten davon.

Lisa schluckte und versuchte das trockene Gefühl in ihrem Mund zu vertreiben. Sie würde Antworten erhalten. In wenigen Tagen würde sie wissen, was wirklich bei diesem Unfall mit ihr geschehen war.

Und dennoch, Lisa spürte, wie zusammen mit der Aufregung, auch Vorsicht und Unsicherheit in ihr aufstiegen. Wollte sie es wirklich und unumkehrbar wissen? Doch zur gleichen Zeit war der Gedanke daran, etwas fremdes, wunderbares zu entdecken, Antworten zu bekommen, zu groß.

Es gab nur einen Weg alles heraus zu finden. Lisa sah auf das Papier herab und ihr wurde plötzlich bewusst, dass sie nicht einmal den Namen der Frau kannte. Vorsichtig faltete sie die Seite zusammen und schob sie in ihre Hosentasche.

~*~

"Was ist denn los mit dir?", fragte Ji-Woo während sie bei Lisa im Zimmer saßen. "Es ist, als hättest du Hummeln im Hintern. Was macht dich so nervös?"

Lisa wurde erst jetzt bewusst, dass sie unaufhörlich mit etwas herum nestelte und sich kaum darauf konzentrierte, was ihre Freunde sagten.

Anna, die neben Ji-Woo saß, erhob das Wort. "Ich habe mich auch schon gewundert", sagte sie. "Dein Bein wippt schon die ganze Zeit. Ist etwas?"

Lisa wusste nicht, wie sie es ihnen erklären sollte, oder wie sie ihren Freunden beibringen sollte, dass sie so langsam daran glaubte, dass etwas Übernatürliches bei ihrem Unfall geschehen war. Ji-Woo glaubte nicht daran, das wusste sie. Anna mochte zwar Geschichten und Bücher über Magie und andere Welten, doch letztendlich würde auch sie nicht denken, dass es wirklich möglich war.

Lisa rieb sich mit einer Hand über ihr Gesicht.

"Ich...ich wollte mich am Wochenende vielleicht mit der Frau treffen, die beim Unfall dabei war", sagte sie schließlich. Selbst wenn sie ihren Freunden nicht sagen konnte was sie vermutete, so würde sie sie dennoch nicht anlügen.

Ji-Woo und Anna sahen beide überrascht aus.

"Warum?", fragten sie synchron und Lisa hob eine Schulter.

"Wir haben uns beim einkaufen getroffen und unterhalten. Sie hat gesagt..." Sie zögerte einen Moment lang und suchte nach den richtigen Worten. "Sie könnte mir helfen, wegen dem was mir bei dem Unfall passiert ist."

Ji-Woo sah etwas zurückhaltend aus, während Anna mitfühlend nickte. Ihre Freundin dachte wahrscheinlich an potenzielles Trauma – und sie hatte nicht unrecht. Seit dem Unfall war Lisa sehr vorsichtig geworden, sie überquerte keine Straßen mehr ohne aufzupassen. Sie warf erst einen Blick in jede Seitenstraße und Gasse, ehe sie daran vorbei ging und das Quietschen von Autoreifen ließ sie zusammen zucken.

"Ist das eine gute Idee?", fragte Ji-Woo. "Nicht, dass ich denke das Hilfe eine schlechte Idee ist, aber du kennst sie kaum, oder?"

"Ich sage meinem Vater Bescheid", schlug Lisa vor und Ji-Woo nickte zögernd.

"Okay und schreib uns, sobald du wieder Zuhause bist. Und triff dich in der Öffentlichkeit mit ihr", fügte er hinzu und als Lisa ernst nickte, schien er beruhigter. "Okay. Erinnere dich an die Selbstverteidigungskniffe, die ich euch beigebracht habe."

"Ich passe auf, Ji-Woo, versprochen."

Das schien ihre Freunde etwas zu beruhigen und sie verabschiedeten sich bald wieder.

Dann war Freitag und Lisa starrte am späten Nachmittag auf ihr Handy. Sie zögerte kurz, ehe sie die Nummer der Fremden wählte. Theoretisch begann das Wochenende ja schon heute.

Wenn die Frau nicht verfügbar war, würde sie eine Nachricht hinterlassen und um Rückruf bitten oder es morgen noch einmal versuchen.

Lisa ging nervös auf und ab, während das Wählzeichen erklang. Was, wenn die Frau es sich anders überlegt hatte? Lisas Gedanken drehten sich um diese Frage und als im nächsten Augenblick jemand plötzlich abhob, richtete sie sich ruckartig auf.

"Merla hier, wer ist da?", erklang die Stimme der Fremden.

Lisa atmete ein. "Ich bin es. Mein Name ist Lisa", sagte sie.

Merla gab ein verstehendes Geräusch von sich. "Hallo. Du hast es dir nicht anders überlegt?"

"Nein." Was das anging, war Lisa sich inzwischen sehr sicher.

Merla gab ein kleines, verstehendes Geräusch von sich. "Okay, dann sollten wir uns treffen und ich erkläre dir alles. Die Docks am Hafen sind okay für dich? Morgen Vormittag?"

"Ja, auf jeden Fall." Die Docks waren öffentlich genug, dass Lisa wusste, dass jemand sie sehen würde und sie konnten dennoch ein Gespräch führen, ohne belauscht zu werden.

"Prima." Merla teilte ihr noch die genaue Uhrzeit mit und legte dann auf. Mit pochendem Herzen ließ Lisa ihr Handy sinken und atmete tief durch. Die Frau hatte sie nicht abgewimmelt. Sie konnte kaum noch erwarten, dass der Samstag kam.

Sobald ihr Vater Zuhause eintraf, erzählte sie ihm was sie vor hatte und obwohl er skeptisch wie Ji-Woo war, stimmte er zu.

"Tu es, wenn du denkst es ist richtig", sagte er und legte ihr eine unterstützende Hand auf die Schulter. "Kümmere dich gut um dich und wenn du Hilfe brauchst, kannst du mich jederzeit am Handy erreichen." Er drückte ihr die Autoschlüssel in die Hand. "Nimm den Wagen, dann bist du unabhängig."

Lisa umarmte ihn und drückte ihn kurz fest, ehe sie versprach vorsichtig zu sein.

Der Rest des Tages verging von da an schnell und als sie am Samstag das Haus verließ, teilte sie das ihren Freunden mit, genauso wie ihrem Vater, der eine Wochenendschicht einlegte.

Sobald der Hafen in Sicht kam, wurde Lisa so nervös und ungeduldig wie am Tag zuvor und sobald sie parkte, stieg sie aus und eilte die Hafenstraße hinab, wobei sie auf die Seitengassen und Ausfahrten acht gab.

Ein klarer Wind wehte die Küste entlang und der Geruch des Meeres, nach Fisch und Salz, zog durch die Straßen. Die Luft schmeckte leicht nach Staub von dem trockenen Boden und die Sonnenstrahlen wärmten sie wie eine schwerelose Decke.

Die Docks erreichte Lisa mit schnellen, langen Schritten und sie sah Merla bereits dort warten. Die blonde Frau trug heute ein lockeres, graues Shirt, knielange Shorts und feste Wanderschuhe, wobei Lisa eine auffällige, fingerbreite Narbe an ihrem rechten Bein sah. Sie bemerkte auch, dass Merla muskulöser und stärker war, wie eine Kämpferin, was ihr bei den letzten Treffen durch die größere Kleidung der Frau nicht aufgefallen war.

Lisa sah ein weiteres Tattoo bei Merla, abgesehen von dem Schriftzug an ihrem Handgelenk. Das Tattoo begann sowohl auf ihrem linken, als auch ihrem rechten Oberarm. Bei genauerem hinsehen bemerkte sie, dass es zwei Flügel waren in grau und weiß, die kurz über dem Ellbogen begannen und nach oben zu den Schultern hin dunkler wurden, ehe sie schließlich unter den Ärmeln des Shirts verschwanden.

"Hier lang", sagte Merla, sobald Lisa sie erreichte. Sie führte sie ein Stück die Docks entlang und weit genug von lauschenden Ohren weg, ohne dass sie dabei den Blick der Straße verließen.

"Wie alt bist du?", fragte Merla unvermittelt, sobald sie stehen blieben. Lisa bemerkte, dass sie so ernst aussah wie die letzten Male, als sie sich über den Weg gelaufen waren.

"Achtzehn", antwortete sie nach einem Moment des Zögerns. Merla nickte.

"Okay, das macht es leichter auf eine Weise." Sie holte leise Luft. "Ich darf dir sagen was passiert ist, muss dich aber über die Konsequenzen informieren, vor allem wenn du mehr wissen oder lernen möchtest", begann sie und Lisa nickte, ein wenig verwirrt und abwartend. Wobei sie sich sicher war, dass ihre Verwirrung sich mit Merlas Erklärungen legen würde.

Merla biss kurz auf ihre Unterlippe und sah auf das Meer hinaus, ehe sie Lisa wieder ansah. "Ich habe das noch nie jemandem erklärt, der nicht schon von Anfang an davon wusste...also gut, Magie."

"Magie", wiederholte Lisa und langsam und leise stieg ein erfreutes, aufgeregtes Gefühl in ihr auf, breitete sich federleicht durch ihre Lungen und ihr Herz aus und brachte ihre Hände zum kribbeln.

"Ja." Merla nickte. "Und ich sage dir besser schon vorher, was es heißt, das zu wissen."

Die Euphorie, die Lisa umschlungen hatte, wurde gedämpft und Unsicherheit mischte sich dazu.

"Okay", sagte Lisa schließlich.

"Wenn ich dir sage, dass es Magie gibt, musst dich registrieren lassen. Wenn du das nicht willst, bringe ich dich zu jemandem, der dein Gedächtnis verändert, so dass du alles vergisst."

Lisa fühlte sich verblüfft und etwas bestürzt, ehe sie einatmete und sich etwas aufrichtete.

"Ich will alles wissen." Sie zögerte kurz. "Bin ich…eine Hexe?"

"Du hast das Talent dazu. Wie ich sagte, du hast nicht wenig. Die meisten Hexen haben gerade genug natürliche Kraft für etwas Schutzmagie und um für gutes Glück für sich und ihre Liebsten zu sorgen oder um heilende Pasten zusammen zu mischen. Du scheinst auch unterbewusst Kontakt zu deiner Energie zu haben, es wäre das Beste, dir alles beizubringen."

Merla warf kurz einen Blick die Docks hinab, die jedoch, abgesehen von einem Pärchen ein Stück von ihnen entfernt, leer waren. Die meisten Boote und Schiffe waren ebenfalls ausgelaufen und leichte Wellen schwappten sanft gegen die Holzpfeiler und Hafenmauer.

"Wenn du zustimmst, das Wissen zu behalten, würde dich eine Hexe oder ein Hexer ausbilden. Vor allem da ich denke, dass du genug Talent und bereits Kontakt zu deiner Magie hast, dass sie dich wieder heilen würde, solltest du noch einmal verletzt werden. Oder du könntest anderes unter ähnlich stressvollen und gefährlichen Situationen bewirken."

"Dann hatte ich recht", sagte Lisa und ihre Stimme nahm einen beinahe schon ehrfürchtigen Ton an. "Die Wunden sind verheilt."

Merla nickte und lehnte sich zurück gegen einen Pfeiler der Docks.

"Frag", sagte sie dann. "Ich beantworte dir alles so gut ich kann."

Für einen langen Moment wusste Lisa nicht einmal, wo sie anfangen sollte.

"Was kann Magie alles?", fragte sie schließlich.

Merla hob eine Schulter. "Viel, sehr viel. Viel mehr als du denkst und je nachdem wie stark oder geschickt du bist, ist noch weitaus mehr möglich. Du würdest alles darüber bei deiner Ausbildung lernen."

"Wie funktioniert diese Ausbildung?" Lisa hielt inne und runzelte die Stirn. "Ich werde dafür nicht die Stadt verlassen, oder dergleichen."

Merla winkte ab. "Das musst du auch nicht. Wenn Hexen bereits in Familien mit anderen Hexen geboren werden, werden sie bis zu einem gewissen Alter zuhause unterrichtet, in der weltlichen wie der magischen Kunde, bis sie selbst entscheiden können, ob sie auf eine öffentliche Schule gehen oder nicht und sowohl schulisch als auch magisch weiter ausgebildet werden wollen. Es gibt aber auch genug Kinder mit magischem Potenzial außerhalb dieser Familien die, wie du, nichts davon wissen."

Lisa nickte verstehend und Merla fuhr fort. "Diese Kinder gehen für gewöhnlich normal zur Schule und Nachmittags oder Abends werden sie von einer oder mehreren Hexen oder Hexern unterrichtet. So etwas in der Art wäre dann auch bei dir der Fall. Wir tragen dich beim Register ein und du bekommst einen Lehrer oder eine Lehrerin zugeteilt."

"Es gibt ein Register für Hexen?", fragte Lisa unwillkürlich und Merla nickte.

"In jedem Land in dem Hexen leben, gibt es so etwas wie ein Register dafür, genauso wie für alle Nicht-Hexen die von der magischen Welt wissen und für alle magischen Wesen."

"Ich könnte alles über Magie lernen, das ich will, wenn ich mich eintrage?", hakte Lisa nach.

Merla nickte erneut. "Alles was wir wissen, wird dir zugänglich gemacht. Oder eher, fast alles. Es Magie, über die du zwar alles lesen kannst das du möchtest, doch du darfst sie nur mit Erlaubnis oder Qualifikation erlernen und praktizieren."

Lisa dachte für einen langen Moment darüber nach und zögerte dann kurz. "Was, wenn ich je meine Meinung ändere?"

"Nichts ist in Stein gemeißelt", sagte Merla und strich sich ein paar blonde Strähnen aus der Stirn, als der Wind sie zerzauste. "Wenn du gehen willst, kannst du aufhören oder deine Erinnerung wird abgeändert. In beiden Fällen wirst du in ein anderes Register umgeschrieben und in Ruhe gelassen." Sie hielt kurz inne. "Wenn ich so darüber nachdenke, haben wir eine Menge Register für alles Mögliche."

"Du bist dann auch eine Hexe?", platzte es aus Lisa heraus, bevor sie es verhindern konnte. Im nächsten Augenblick schon schelte sie sich im Stillen für eine Frage, auf die es bereits eine so offensichtliche, wenn auch unausgesprochene, Antwort gab.

"Ja", sagte Merla und neigte dann leicht den Kopf. "Ich denke, du willst eine Demonstration?"

Lisa hielt überrascht inne. "Du würdest mir etwas zeigen?"

Merla blinzelte kurz und stieß dann leicht die Luft aus, was beinahe wie ein amüsierter Laut klang, doch ihr Gesicht blieb weiterhin ernst. Sie warf einen kurzen Blick die Docks hinab und wandte sich dann dem Meer zu. Sie hob ihre Hände vor sich und Lisa war sich unsicher, ob sie näher heran treten oder mehr Abstand halten sollte.

"Wie gesagt, ich bin miserable in Illusionen, doch das ist gerade die beste Demonstration." Sie zog konzentriert die Brauen zusammen und einen Moment später entstand in ihrer Handfläche ein Stein.

"Nichts aufregendes, ich weiß", sagte Merla und ließ die Hand sinken, was den Stein aufwirbeln und verschwinden ließ wie Rauch. "Aber alles andere würde zu viel Aufmerksamkeit erregen. Was mich zu den Grundregeln bringt."

Lisa horchte auf und Merla sah sie noch ernster an.

"Die erste Regel, was du dir bestimmt bereits denken kannst: niemand darf davon erfahren. Hexen sind schon genug gejagt und verfolgt worden und wir brauchen keine zweite Hexenjagd, oder das etwas anderes schlimmes passiert." Sie hob eine Braue. "Kannst du mir versprechen, dass du das verschweigen wirst?"

Lisa hielt inne und nickte dann. "Ja, ich verspreche es."

Merla musterte sie einen Moment länger und nickte schließlich ebenfalls. "Die nächste Regel ist mit der ersten verbunden: keine deutliche oder bemerkbare Magie in der Öffentlichkeit. Wenn du Magie unter Menschen oder in unwissender Gesellschaft verwenden willst, lerne sie so zu beherrschen, dass sie an das moderne Leben angepasst ist und deshalb nicht auffällt. Das wird dir dein Lehrer allerdings auch beibringen."

Lisa nickte erneut und Merla fuhr fort. "Drittens: Wir verwenden Magie nicht gegeneinander, außer in gesicherten Übungssituationen."

Wieder nickte Lisa.

Merla hielt inne. "Das war es für den Anfang auch schon, denke ich. Der Rest ist spezifischer für die einzelnen Bereichen der Magie, das müsste dir dann dein Lehrer erklären."

"Gibt es viele Hexen?", fragte Lisa und zum ersten Mal war der erste Anflug eines Lächelns auf Merlas Gesicht zu sehen.

"Ja. Jedenfalls mehr, als du annimmst und sie sind überall auf der Welt." Sie neigte kurz den Kopf. "Zumindest die, die mit ihrem Talent etwas angefangen haben. Es gibt einige Leute, die genug Energie hätten um starke Hexen zu werden, aber entweder nichts davon wissen wollen, oder diese Kraft nicht für Magie einsetzen."

Merla hob eine Schulter "Wie ich bereits sagte, viele Hexen sind zufrieden mit ein wenig Schutzmagie, dem Brauen von Kräutersuden gegen Krankheiten oder der simplen Anwendung von Magie, die ihnen den Alltag leichter macht. Andere wiederrum wollen mehr, sie lernen mehr und sie sind tief mit der magischen Welt verbunden. Auch darüber wird dein Lehrer dir mehr erzählen."

Merla richtete sich etwas auf und sie wurde wieder ernst. "Das erinnert mich, wenn wir dich für das Register und einen Lehrer eintragen wollen, müssen wir uns an eine der Bezirkshexen wenden." Bevor Lisa fragen konnte was sie meinte, erklärte Merla es bereits. "Jede Vorstadt und viele Dörfer haben eine Hexe, die den Ort beschützt und als Ansprechpartner da ist, falls etwas passiert oder jemand Hilfe braucht. Für Städte jedoch werden mehrere Hexen eingeteilt, die dann auf ihre Bezirke aufpassen."

Merla hielt inne. "Wobei ich mit dir gar nicht in die Stadt gehen würde." Sie musterte Lisa. "Hast du Zeit? Die Hexe, die den Hafen und das umliegende Land beschützt, wohnt nicht weit von hier und sie kann dich in das Register eintragen."

Lisa sah sie überrascht an. "Jetzt gleich?"

Merla neigte den Kopf. "Es wäre besser so. Der Rat und alle, die sich um die magische Welt kümmern, müssen es wissen, wenn jemand davon erfährt. Mir wäre es auch lieber, wenn wir das heute noch machen."

Trotz ihrer Aufregung über all die Möglichkeiten, die sich auf einmal in ihrer Reichweite auftaten, war Lisa sich nicht sicher, ob sie einfach so mit Merla gehen sollte. Vor solchen Situationen hatte ihr Vater sie immer gewarnt. Auf der anderen Seite, solange sie niemandem von allem erzählen durfte und sich eintragen musste, würde sie früher oder später mit der anderen Frau mitgehen.

"Ich muss jemanden Bescheid geben", sagte sie schließlich langsam. "Damit meine Freunde wissen, wohin ich gehe."

"Natürlich." Merla zog ihr Handy heraus, gab etwas ein und einen Moment später vibrierte Lisas. "Ich habe dir die Adresse zukommen lassen. Solange du nichts wegen Magie erwähnst, ist alles gut."

Für einen Augenblick musterte Lisa sie genauer und dann konzentrierte sie sich auf die Energie, die sie subtil von Merla spüren konnte und die weitaus leiser war als die anderen Male zuvor. Die Energie fühlte sich ernst und ehrlich an.

"Okay." Lisa schrieb ihrem Vater und ihren Freunden Nachrichten, zusammen mit der Adresse und einer kleinen Beruhigung, dass sie aufpassen und ihr nichts passieren würde, ehe sie sich Merla wieder zuwandte. "Brauche ich etwas, um mich anzumelden?"

"Hast du einen Personalausweis?", fragte Merla und als Lisa nickte, wandte sie sich vom Meer ab. "Dann hast du alles. Komm."

Lisa folgte der Hexe, die sie über die Docks und die Hauptstraße hinauf führte zu einem kleinen, kompakten, schwarzen Wagen. Merla sagte ihr, sie sollte ihr die Landstraße - die vom Hafen weg und an der Küste entlang Richtung Westen führte - hinab folgen, ehe Lisa das Auto ihres Vaters aufsuchte.

Ihr Herz klopfte wieder etwas schneller und sie schloss die Hände etwas nervös um das Steuerrad, ehe sie auf die Straße abbog und dem schwarzen Wagen von Merla nachfuhr.

Sobald sie die kleine Hafenvorstadt verließen, dauerte es kaum noch drei Minuten, ehe Merla wieder anhielt, dieses Mal vor einem großen umzäunten, einsamen Grundstück, das mit einem großen Tor und dichten Bäumen sowie Büschen von neugierigen Blicken geschützt war. Lisa parkte hinter ihr auf dem Grünstreifen neben der Straße und stieg aus.

"Da wären wir", sagte Merla und verschloss ihr Auto, sobald sie es verlassen hatte.

Lisa warf ein Blick zu dem großen, langen Tor. Ansonsten waren weit und breit keine weiteren Menschen oder Häuser zu sehen.

Sie folgte Merla zu dem Tor, dass sie ein Stück aufschob und dann offenhielt.

"Hier wohnt Kara, sie ist Bezirkshexe und für diesen Teil der Küste zuständig, einschließlich des Hafens. Sie ist auch eine Anlaufstelle für alle, die ihre Hilfe brauchen. Solltest du also in Schwierigkeiten geraten oder sollte dir ein Versuch schwererer Magie missglücken, und du kannst deinen Lehrer nicht erreichen, ist Kara für dich da." Sie hielt kurz inne. "Oder eine andere Bezirkshexe in der Nähe, dein Lehrer sollte dir ihre Nummern und Adressen heraussuchen und geben."

Lisa nickte verstehend, während sie Merla durch das Tor und die dahinter liegende Auffahrt hinab folgte.

Sobald sie eine kleine Baumallee hinter sich gelassen hatten, hielt Lisa überrascht inne. Vor ihr lag eine wunderschöne Anlage, mit zwei langen Gewächshäusern, einem Küstenblick auf das Meer und, zu ihrer Überraschung, zwei alten, original erhaltenen Zugwagons zur rechten Seite, ein Stück von den Bäumen entfernt, die sie von der Straße abschotteten.

Etwas hinter den Wagons stand ein kleines, eckiges Gebäude, das Lisa nach einem Moment als vermutliches, selbstversorgendes Badehaus erkannte. Ein wenig abseits davon sah sie auch eine Hütte aus grauem Backstein mit Holzbalken und einem Schindeldach mit Schornstein.

Auf den Dächern der alten, mit lackiertem Holz verkleideten Wagons befanden sich Sonnenkollektoren und das Gras um sie herum und abseits des Weges der zu den Wagons und Gewächshäusern führte, war kurz und gleichmäßig zurecht geschnitten.

An der linken Seite sah Lisa noch zwei große Beete, eines mit Pflanzen und Blumen, das andere mit Gemüse und dahinter befanden sich einige Fruchtbäume, die das Klima der Küste gut vertrugen.

Alles in allem sah das Grundstück etwas bunt zusammen gewürfelt aus und gleichzeitig hatte es etwas interessantes und faszinierendes an sich.

"Kara ist gerne für sich", erklärte Merla, die ihren Blick bemerkte.

"Komm, sie dürfte inzwischen wissen, dass wir hier sind."

Kaum, dass sie ein paar Schritte weiter gegangen waren, öffnete sich die Tür des vorderen Wagons und eine braunhaarige, mit Sommersprossen übersäte Frau trat heraus. Ihre grünen Augen waren warm und aufmerksam und sie warf ihnen ein Lächeln zu.

"Hallo Merla, ich habe heute nicht mit dir gerechnet. Oder dass du Besuch mitbringst."

Zu Lisas leiser Überraschung, lächelte Merla kurz zurück und ihr vorher so ernstes Gesicht hellte sich für diesen Moment etwas auf.

"Ich entschuldige mich, wenn wir ungelegen kommen", sagte sie und Kara winkte ab.

"Nicht doch, du weißt ich habe fast immer Zeit für Unerwartetes. Hallo, ich bin Kara." Sie trat auf Lisa zu und streckte eine Hand aus, die Lisa rasch schüttelte.

"Hi, ich bin Lisa."

Kara setzte dazu an etwas zu sagen und hielt dann inne, ehe sie Merla musterte. „Sie ist recht verwirrt und aufgeregt." Verständnis breitete sich auf ihrem Gesicht aus und sie sah Lisa wieder an. "Du bist eine neue Hexe."

"Sie hat heute erst davon erfahren. Vorhin, um genau zu sein", erklärte Merla und Kara nickte mit einem schiefen Lächeln.

"Ich verstehe. Dann trage ich dich am besten gleich ein, nicht wahr?", sagte sie an Lisa gewandt. "Komm, wir haben das schnell erledigt."

Sie warf Merla einen Blick zu, während sie los ging und Lisa ihr folgte.

"Wirst du ihre Lehrerin?"

Merla sah überrascht aus, als wäre ihr dieser Gedanke noch gar nicht gekommen. Dann runzelte sie die Stirn. "Ich habe noch nie jemanden unterrichtet."

"Du bist gut", sagte Kara und sobald sie den Wagon erreichten, öffnete sie die Tür, damit Lisa zuerst eintreten konnte. "Du hättest die Zeit dafür und du meintest, du hättest gerne noch eine andere Aufgabe als das, was du schon machst."

Lisa trat achtsam die zwei Stufen nach oben in den Wagon. Ihre Augen weiteten sich leicht, als sie sich umsah. Bis auf einen polierten Tisch mit den Sitzbänken davor und dahinter, war die ganze, vorherige Ausstattung heraus genommen worden, wobei die verkleideten Türen und Fenster und die Holzdielen am Boden blieben, zusammen mit den Lampen und der Wand- sowie Deckenverkleidung.

Direkt links von Lisa befand sich ein kleines, flaches Schuhregal, zusammen mit höher an der Wand angebrachten Kleiderhaken. Nach rechts war das hintere Ende des Wagons gefüllt mit Regalen, welche die verschiedensten Bücher und Comics enthielten.

Dann begann links nach den Kleiderhaken eine kleine Kochecke, hinter der der original Tisch stehen gelassen wurde, ehe nach dem Tisch ein großer, heller Paravent den Rest des Wagons von den Blicken fremder Leute abtrennte. Lisa vermutete stark, dass sich dort Karas Bett befand.

Vor allem jedoch hatte Kara es geschafft, dass alle Möbel farblich und stilistisch zusammen passten und dem Wagon etwas warmes und heimeliges gaben. Kleine, farbige Vorhänge befanden sich an den Fenstern und ließen sich zuziehen und in der Luft lag ein Geruch nach süßem Gebäck und Sonnenschein.

"Setzt euch ruhig", sagte Kara, die nach Merla eintrat und auf die Bänke deutete. "Kann ich euch etwas bringen? Tee? Wasser? Oder Saft? Kaffee habe ich leider nicht."

"Nein, danke", sagte Merla und auch Lisa lehnte dankend ab.

Kara nahm gegenüber von Merla und Lisa Platz. "Dann fangen wir an. Lisa, dein Ausweis, bitte."

Lisa zog rasch ihren Geldbeutel aus der Tasche und fischte ihren Ausweis heraus. Sie konnte nicht umhin sich etwas vor zu lehnen, als Aufregung in ihr aufkam. Was würde sie gleich sehen?

Kara warf ihr ein kleines Lächeln zu.

"Es ist nicht so aufregend, ich fürchte, das könnte dich etwas enttäuschen." Auf Lisas überraschten und verdutzten Gesichtsausdruck hin sah sie kurz Merla an. "Du hast es ihr nicht gesagt?"

Merla hob eine Schulter. "Du entscheidest wer davon weiß, nicht ich."

Kara lächelte leise und wandte sich wieder an Lisa, die sie fragend und abwartend ansah.

"Ich bin empathisch", sagte Kara schließlich. "Was auch einer der Gründe ist, warum ich gerne alleine lebe. Abgesehen von den Leuten, die hin und wieder vorbei kommen, was die meiste Zeit über in Ordnung ist. Ich spüre nur deine Gefühle, ich kann keine Gedanken lesen, falls du dir darüber Sorgen machst." Kara zog ein Blatt Papier aus einer Kiste unter den Bänken und legte Lisas Ausweis darauf.

"Alle Angaben hier stimmen?", hakte sie noch einmal nach und Lisa nickte. Kara berührte daraufhin das Blatt und Lisa beobachtete, wie Linien und Worte sich darauf ausbreiteten wie ausgekippte Tinte.

"Wie machst du das?", fragte sie unwillkürlich und Kara lächelte geheimnisvoll.

"Ich offenbare nur, was schon auf dem Papier stand. Alle Dokumente des Rats sind mit Symbolen und Magie geschützt und sehen aus wie blankes Papier. Es ist eine Sicherheitsmaßnahme, damit niemand unbeabsichtigt von unserer Welt erfährt."

Kurz darauf hatte sie ein Formular vor sich, bereits vollständig ausgefüllt und mit einem Siegel ganz oben in der Mitte, bevor die Schrift des Formulars begann. Es war ein Baum, der an der linken Seite eine Sonne hatte und eine Mondsichel an der rechten.

"Das Zeichen des Rats", erklärte Merla, die Lisas Blick bemerkte, während Kara einen Stift mit einem Wink herbei schweben ließ und das Papier unterschrieb. "Der Rat kümmert sich um die magische Welt. Das ist sozusagen unsere Regierung, wenn man das so sehen möchte."

Kara wandte sich an sie beide. "Wie sieht es aus, soll ich Merla als Lehrerin eintragen? Wärt ihr beide damit einverstanden?"

Lisa warf der Frau neben sich einen Blick zu. Sie war sich nicht sicher, wie Merla als Lehrerin sein würde, sie schien jedoch Geduld für all ihre Fragen zu haben und hatte alles bisher gut erklärt. Außerdem war Lisa sich auch nicht sicher, mit wem sie sonst als Lehrer enden würde.

Lisa nickte schließlich und Merla dachte genau nach, fast schon einen Moment zu lange und Lisa überlegte, ob sie ihr Einverständnis wieder zurück nehmen sollte, ehe Merla ebenfalls zustimmte.

"Okay." Sie sah Lisa daraufhin an. "Ich habe noch nie jemanden unterrichtet, wenn ich also etwas falsch mache oder du einen anderen

Lehrer willst, sag mir einfach Bescheid. Ich werde es dir nicht übel nehmen."

Kara schob ihnen das Papier entgegen. "Dann unterschreibst du hier Merla." Auf ein Wink hin flog ein Stift durch den Raum und landete neben Lisa, die überrascht für eine Sekunde erstarrte. "Und du unterschreibst dann hier."

Sobald sie fertig waren, ließ Lisa sich etwas in das Polster des Sitzes zurück sinken. Sie bemerkte am Rande, dass die Sitzbank sehr bequem war.

"Was jetzt?", fragte sie und gab dann zu: "Ich habe irgendwie mit mehr gerechnet. Mit Schwüren oder Blut."

Kara lachte kurz. "Wir haben ein gutes System, keine Sorge. Du bemerkst vielleicht nicht viel, aber hier ist eben einiges an Magie passiert." Sie hielt kurz das Formular hoch. "Hier war zum Beispiel unsichtbare Tinte am Werk, die alles verborgen hat. Ich habe die aufgezeichneten Symbole mit Magie entfernt und die Informationen übertragen."

Merla warf Lisa einen ernsten Blick zu. "Das bringt mich gleich zum ersten Thema, das ich dir beibringen kann. Auf keinen Fall und unter keinen Umständen, gibst du jemandem dein Blut."

Lisa nickte langsam und hielt kurz inne. "Warum?"

"Blutmagie ist mächtig", sagte Merla. "Und sehr gefährlich. Hat eine Hexe dein Blut und beherrscht Blutmagie, kann sie dich zu vielem zwingen, oder dich sogar umbringen. Blut ist das mächtigste, das wir Hexen geben können. Unser Blut trägt alles in sich und ist die tiefste Verbindung zu unserem Körper, pass also gut darauf auf und lass dir von niemandem erzählen, dass sie etwas davon brauchen."

"Blutmagie ist auch eine ganze Ecke zu hoch für dich im Augenblick und falls du sie lernen willst, müsstest du dich dafür auch eintragen lassen", erhob Kara das Wort, die das Papier ordentlich zusammen faltete. "Das wäre auch schon alles. Ihr könnt gehen, wenn ihr wollt."

"Einen Moment noch." Merla wandte sich an Lisa. "Ich denke nicht, dass wir bei dir Zuhause alles üben können, oder?"

Lisa runzelte leicht die Stirn und schüttelte dann den Kopf. Ihr Vater würde etwas mitbekommen, auch wenn er meist lange Arbeitstage hatte und sie wusste absolut nicht, wie sie ihm das erklären sollte.

Konnte sie es ihm überhaupt sagen? Merla hatte gesagt, sie sollte es geheim halten, doch wenn es sogar ein Register für Nicht-Hexen gab, die von all dem wussten…

Merla nickte knapp. "Das hatte ich schon vermutet. Bei mir geht es auch nicht, das würde zu viel durcheinander bringen." Sie sah Kara an. "Weißt du, wo wir den Unterricht halten können?"

"Hier, wenn ihr wollt, oder für den Anfang bis ihr einen anderen Ort findet", sagte sie und deutete vage zur Seite. "Die Hütte draußen benutze ich nur, wenn ich einmal zu viele Kräuter zum trocknen habe. Allerdings ist sie Dienstag und Donnerstag bereits von einem anderen Hexer mit seinem Schüler belegt, wenn du da nichts wegen gemeinsamen Unterricht absprichst, müsstet ihr diese Tage ausfallen lassen."

"Passt das, Lisa? An welchen Tagen hast du keine Zeit?", fragte Merla an sie gewandt.

"An jedem", antwortete sie nach einem Moment des Zögerns. "Ich bin mit der Schule fertig und habe bisher noch nichts neues angefangen."

"Dann ist es geklärt, ihr könnt die Hütte unter der Woche nutzen, außer Dienstag und Donnerstag, solange ihr nichts anderes absprecht", sagte Kara. "An den Wochenenden könntet ihr theoretisch auch vorbei kommen. Wenn auch nicht immer. Hin und wieder sind Kunden da, aber da könnt ihr euch vorher bei mir melden und nachfragen, ob die Hütte frei ist."

Merla nickte und Kara erhob sich mit dem gefalteten Formular. "Gut, dann bringe ich das hier weg. Wartet nicht auf mich, das könnte eine Weile dauern."

Lisa beobachtete aufmerksam, wie sie zu der geschlossenen Wagontüre direkt zwischen der kleinen Küche und den Sitzbänken bei dem Tisch trat und den Vorhang der davor angebracht war zur Seite zog.

Lisa war überrascht, als sie den Zirkel mit den Symbolen und Mustern sah, der in das polierte Holz geschnitzt war. Kara drückte die Klinke herunter, woraufhin die Tür nach außen aufsprang.

Jedoch war nicht die Wiese mit dem Ausblick auf das Meer vor dem Wagon zu sehen, stattdessen erhaschte Lisa einen kurzen Blick auf einen hellen, glänzenden Steinboden und einige, vorbei huschende Leute. Sie hörte das Murmeln von Stimmen, das Trappeln unzähliger Schritte und einen kurzen Ruf, ehe Kara hindurch trat und die Tür hinter sich schloss.

Lisas Blick schnellte zu Merla, die kurz schief lächelte.

"Wir können Türe als Portale benutzen", erklärte sie. "Das ist die simpelste und schnellste Methode um von Ort zu Ort zu kommen." Sie nickte zu der Tür. "Mach sie mal auf."

Lisa zögerte kurz und stand dann auf. Ihr Herz pochte etwas schneller, als sie an die Tür trat und vorsichtig die Klinke nach unten drückte. Als die Tür jedoch aufschwang, sah sie die Wiese und Gewächshäuser vor sich, mit der Klippe die sie vom Meer trennten dahinter.

"Ohne die Verwendung von Magie kommt keiner hindurch." Merla erhob sich ebenfalls. "Türportale sind eines der ersten Dinge, die du lernen wirst. Vor allem weil wir nur über Portale in die Bibliothek und zum Rat kommen."

Lisa sah Merla fragend an und auf ihren Wink trat sie nach draußen.

"Die Bibliothek?" Sie hielt kurz inne. "Muss ich Latein, altes Griechisch und Gälisch oder so etwas lernen?"

"Das ist nicht notwendig", sagte Merla, die ebenfalls den Wagon verließ und die Tür hinter sich schloss. "Inzwischen sind fast alle Bücher übersetzt. Außerdem ist es nicht so, als hätten wir Zaubersprüche und du müsstest die Wörter lernen um Magie zu beherrschen. Wir nehmen Energie und formen sie. Dafür sind die Bücher allerdings auch gut, sie erklären wie Magie funktioniert und wie man sie in gewissen Bereichen einsetzt und dergleichen. Die Übersetzung war vor allem notwendig..." Ihr Tonfall wurde trocken. "Nach dem der eine oder andere Idiot gedacht hat, mit einem einfachen Wörterbuch kann er schwierige Bücher übersetzen und sich die Magie dort selbst beibringen. Ich will mir gar nicht ausmalen, wo wir da heute mit den ganzen Apps wären. Komm, wir sollten wieder gehen."

Merla wandte sich um und ging los. Als sie die Hände in Taschen ihrer Hose schob, konnte Lisa zum ersten Mal wirklich die Schrift am Handgelenk lesen.

Wenn du einmal nicht mehr weiter weißt

Das war eine sehr ungewöhnliche Tattoowahl und Lisa runzelte kurz verwirrt die Stirn. Wo war der Rest des Satzes?

Es war auch nicht Merlas Handschrift, soweit Lisa das beurteilen konnte, noch war das Tattoo in der üblichen Kalligraphie Schrift. Es sah so aus, als hätte jemand anderes die Worte geschrieben.

Dann bemerkte Lisa, dass sie stehen geblieben war und Merla hielt inne. Ihre neue Lehrerin sah sich nach ihr um und Lisa schloss rasch auf.

"Wollen wir am Montag mit dem Unterricht anfangen?", fragte Lisa, sobald sie den Weg entlang gingen und kurz darauf das Tor wieder erreichten, hinter dem die Straße lag.

Merla nickte. "Wenn du möchtest können wir das. Passt dir zehn Uhr?"

"Passt prima."

"Gut." Merla zog ihre Hände aus den Hosentaschen. "Ich werde nur am Freitag nicht da sein, da bin ich für einen Job für die ganze Zeit weg, den Tag müssten wir dann aus fallen lassen."

Sie blieben neben der Straße stehen und Merla warf ihr einen nachdenklichen Blick zu.

"Mit all der Zeit die wir haben, wirst du bald aufholen." Sie sah kurz zu ihrem Auto. "Wenn das alles ist für heute, trennen sich hier unsere Wege. Ruf mich jederzeit an, wenn du Fragen oder Bedenken hast. Ich lasse dir heute Abend dann noch Karas Nummer und die der anderen Bezirkshexen in der Nähe zukommen."

"Danke." Lisa rieb kurz mit einer Hand über die Knöchel ihrer anderen. "Das ist alles...ziemlich aufregend."

Auf Merlas Gesicht war für einen Moment der Anflug eines Lächelns zu sehen.

"Das kann ich mir vorstellen." Ihr Blick schweifte für einen Moment in die Ferne und das Lächeln schwand. "Ich war noch ein Kind, als eine Hexe mein Talent erkannt und mir alles beigebracht hat."

Sie sah Lisa wieder an. "In nächster Zeit wird es recht viel, was ich dir beibringe. Wenn du Pausen brauchst oder wir die Sache langsamer angehen sollen, sag mir Bescheid. Das ist kein Wettrennen und im Grunde verbringen die meisten Hexen ihr ganzes Leben damit, Magie zu lernen, nur mit dem Unterschied zum Anfang, dass es später immer komplexer oder spezialisierter wird."

Lisa gab ein verstehendes Geräusch von sich und für einen Moment entstand ein entspanntes, ausgeglichenes Schweigen, ehe Merla einen Schritt zurück trat.

"Komm gut nach Hause."

~*~

Als Lisa am Montag wieder Karas großes Grundstück erreichte, musste sie sich am Riemen reißen um nicht aufgeregt aus dem Auto zu stolpern. Ihre Finger waren fahrig durch Nervosität und Vorfreude und sie ging rasch auf das Tor zu.

Es ließ sich problemlos öffnen und auf dem Weg zur Hütte, sah Lisa Kara, die sich um ihre Pflanzen auf den kleinen Feldern kümmerte. Die

Bezirkshexe sah kurz auf und winkte ihr zu, ehe sie sich wieder ihrer
Arbeit zu wandte.

Lisa erreichte kurz darauf die Hütte und nach einem Moment des
Zögerns, klopfte sie an und drückte dann die Klinke herab.

Der Geruch nach Kräutern und hellem Holz begrüßte sie, als sie eintrat.
Die Luft war dank des Holzbodens und der steinernen Wände kühl und
Lisa sah sich aufmerksam um.

Merla war bereits da und saß an dem großen Tisch mit zwei Stühlen, der
links im Raum unter einem der Fenster stand. Gegenüber von der
Eingangstür befand sich eine Kamin mit einem Kessel und die rechte
Seite der Hütte war, abgesehen von dem Fenster, gefüllt mit Regalen.
In den Regalen stand alles mögliche, große und kleine Tongefäße,
Glasphiolen und Töpfe und dicht verschlossene, mit Flüssigkeiten
gefüllte Gläser.

Direkt rechts und links von der Eingangstür befanden sich weitere
Regale, die mit Büchern und festen, robusten Papierrollen gefüllt waren.
Der Raum war sauber, frei von Staub und Dreck und die beiden Fenster
waren groß genug, um ausreichend Licht herein zu lassen, was den
Raum erhellte.

Merla sah auf, sobald Lisa eintrat.

"Willkommen, Lisa." Merla rutschte mit dem Stuhl ein wenig zurück und
bedeutete ihr sich auf den anderen zu setzen. "Bist du bereit?"

"Ja, auch wenn ich nervös bin", gestand Lisa und ließ sich rasch auf den
Stuhl sinken, der dabei kurz knarrte.

"Das ist vollkommen normal", sagte Merla beruhigend. "Ich selbst war
früher oft nervös genug, dass mir viele Übungsstunden nicht gelungen
sind."

Sie richtete sich auf und Lisa tat es ihr unwillkürlich gleich. Ihre
Aufmerksamkeit lag jetzt vollkommen auf Merla.

"Die erste Übung ist, ein Gespür für deine Magie zu finden", erklärte Merla. "Eine Hexe oder ein Hexer können ihre Magie nur nutzen, wenn sie wissen wie."

"Das macht Sinn", sagte Lisa mit einem schiefen Lächeln und einem kleinen, amüsierten Unterton in ihrer Stimme. Merla lächelte kurz flüchtig.

"Stimmt. Nach dem du unterbewusst bereits Magie verwendet hast, solltest du für diese Übung nicht allzu lange brauchen. Wir fangen damit an, dass du deinen inneren Ort findest. Es ist das erste, das erscheint wenn du deine Aufmerksamkeit nach innen richtest. Setz dich bequem hin und schließe die Augen", sagte Merla und Lisa folgte ihren Worten.

"Gut, jetzt, atme tief und langsam ein und achte nur auf dich, auf dein Inneres."

Lisa atmete langsam tief ein und aus, ehe Merla wieder sprach.

"Konzentriere dich auf alles, das du spüren kannst. Geh vom Scheitel über dein Gesicht, zu den Schulter und deinen Körper hinab. Spür den Stuhl und deinen Herzschlag. Spür den Boden unter deinen Füßen und atme, bis du alles wahr nimmst."

Langsam, Stück für Stück, begann alles um Lisa herum zu verschwinden. Merlas Präsenz, die Gerüche um sie herum und sie spürte schließlich das Licht der Sonne auf der Haut, das durch die Fenster fiel. Sie spürte ihre Fingerspitzen die kurz über ihrem Knie ihre Hose berührten und das stabile Holz des Stuhles unter ihr.

Dann, mit einem weiteren Atemzug, spürte sie noch etwas. Es war wie leichte und warme Energie, die ihren Körper ausfüllte und um sie herum schwebte. Jedes ein und ausatmen, war wie eine Bewegung der Energie.

"Ich spüre es", flüsterte Lisa und konzentrierte sich darauf, das Gefühl der Energie nicht zu verlieren.

"Gut." Merla sprach ebenfalls leise und sie klang zufrieden. "Sieh, ob du die Energie berühren kannst. Tu nichts damit, sie einfach nur, ob deine Finger sie halten können."

Lisa brauchte ein paar Versuche, bis sie den Eindruck hatte, etwas von der Kraft zwischen ihren Händen sammeln zu können.

"Gut", sagte Merla sobald Lisa langsam und konzentriert nickte. "Diese Energie verwenden wir für Magie. Denk jedoch daran, dass dein eigener Körper nur begrenzt viel Kraft hat. Manche Leute haben mehr davon, andere weniger und es gibt Möglichkeiten das zu steigern. Außerhalb deiner eigenen Energie, kannst du die Kraft in deinem Umfeld nutzen, von dem Meer, von Stürmen oder Pflanzen. Alles in dieser Welt lebt und es gibt einen ständigen Fluss von Energie, der nicht verschwindet oder weniger wird. Selbst wenn du Kraft von außerhalb in deinen Körper ziehst, sobald du den Zauber gewirkt hast, kehrt die Energie in die Umwelt zurück, wenn auch nicht an direkt an den Ort, von dem du sie Ursprünglich geholt hast."

Lisa öffnete langsam die Augen und schaffte es, die Energie zwischen ihren Händen zu behalten. "Was tue ich jetzt damit?"

"Versuch der Energie eine Richtung zu geben. Im Augenblick ist deine Kraft vollkommen neutral, sie hat keine Form und keine Gesetze, leite sie, stell dir vor was sie machen soll und versuche sie dahin zu lenken, genau das zu tun."

Merla zog ein Blatt aus der Umhängetasche zu ihren Füßen und legte es auf den Tisch.

"Versuche, das Blatt zu bewegen. Die Magie einzusetzen um Gegenstände zu bewegen ist eines der ersten Dinge die Schüler lernen", sagte sie und Lisa konzentrierte sich auf das Blatt.

Sie versuchte das Blatt zu schieben und in einem Moment der Unachtsamkeit, ließ sie die Energie zwischen ihren Händen los. Tief einatmend versuchte sie es erneut.

Und erneut und erneut. Es fühlte sich wie eine kleine Ewigkeit an, bis es ihr gelang und ein Ende des Blattes leicht hoch flappte.

"Gut." Merla nickte mit einem kleinen, aufmunternden Lächeln, das ihr Gesicht aufhellte. "Anfangs dauert so etwas eine Weile und es wird einfacher, je mehr Übung du hast. Wie ein Kind das Gehen lernt. Sobald du deine Energie mit Leichtigkeit nutzen kannst, kannst du Magie sehr schnell und in größerer Komplexität verwenden."

Lisa ließ für einen Moment die Hände sinken und bemerkte, dass sie sich müder fühlte als zuvor.

"Ist es normal, dass ich mir etwas ausgelaugter vorkomme?", fragte sie mit einem kleinen stirnrunzelnden Blick auf ihre Finger.

"Das ist ganz natürlich. Deine Energie und dein Körper sind noch nicht an die Verwendung von Magie gewöhnt, das legt sich im Laufe der Zeit, solange du nicht große Teile deiner Kraft verwendest. Versuch es noch einmal. Wir üben das heute so lange du kannst und willst, oder bis es dir gelingt, das Blatt ganz zu bewegen oder sogar umzudrehen."

Lisa atmete tief ein und hob die Hände erneut.

Es dauerte bis zum späten Nachmittag, bis es ihr gelang das Blatt vom Tisch zu fegen und an diesem Punkt hatte sie den Eindruck, dass nicht mehr viel fehlte, bis sie müde genug war um einfach im sitzen einzuschlafen.

"Sehr gut. Damit wären wir auch für heute fertig", sagte Merla, woraufhin Lisa etwas in ihrem Stuhl zusammen sackte.

Merla, die mehr Geduld an den Tag legte als Lisa selbst, zog einen Energieriegel aus ihrer Tasche, den sie Lisa reichte.

"Wie geht es dir?", fragte Merla, während Lisa mit ein wenig Konzentration die Verpackung des Riegels aufpfriemelte. Ihre Finger zitterten leicht und fühlten sich etwas unsicher an.

"Erschöpft", gab sie zu und biss von dem Riegel ab.

Merla zog leicht besorgt die Brauen zusammen. "Kannst du noch heim fahren oder soll ich dich nach Hause bringen?"

"Es geht schon", sagte Lisa, nach dem sie rasch gekaut und geschluckt hatte. "Der Weg ist zum Glück nicht so weit."

Gerade als sie erneut abbiss, hörten sie ein Klopfen. Merla und Lisa wandten sich der Tür zu, die einen Moment später aufschwang. Kara trat herein, mit einer dampfenden Tasse, die sie Lisa mit einem warmen Lächeln reichte.

"Hier, der sollte dir etwas Kraft geben", sagte sie und Merla beugte sich ein Stück vor.

"Die Mischung kenne ich nicht, oder?", fragte sie, nach dem sie kurz geschnuppert hatte.

Kara grinste. "Ich habe den Tee kurz nach dem du damals das erste Mal wegen dem Militär weg warst zusammengestellt. Bisher hast du ihn nur nie gebraucht."

Merlas überraschtes Gesicht ließ stark vermuten, dass Kara den Tee schon vor einer ganzen Weile zusammengemischt hatte. Lisa nippte vorsichtig an dem Tee. Er war warm, jedoch nicht so heiß dass sie sich die Zunge verbrannte. Es schmeckte nach Kräutern und, so absurd wie es klang, frischer Luft und sie nahm noch ein paar große Schlucke.

Wärme breitete sich in ihrem Körper aus und sobald sie die Tasse leerte, spürte sie, wie ihre Lebensgeister wieder etwas erwachten.

"Danke", sagte sie und reichte Kara die Tasse mit einem erleichterten Lächeln zurück. Die Hexe nickte und als sie sich zum gehen wandte, erhob Merla sich.

Lisa tat es ihr gleich und ihr Körper fühlte sich trotz der Wärme an, als hätte sie einen langen, verausgabenden Tag hinter sich.

Sie verabschiedeten sich von Kara und machten sich auf den Weg zu den Autos.

"Übe das mit dem Blatt morgen und an den Tagen, an denen wir keine Übungsstunden haben", sagte Merla, sobald sie neben ihren Wagen stehen blieben. "Wenn niemand es mitbekommen soll, schließe dich im Bad ein und übe mit Toilettenpapier. Das ist genauso gut und du kannst es über den Tag verteilt machen, wenn möglich."

Lisa nickte langsam. "Mein Vater ist nicht viel da, die meisten Tage, das geht auch so."

"Gut. Komm gut nach Hause, Lisa."

"Du auch." Mit diesen Worten verabschiedeten sie sich.

Sobald sie Zuhause ankam, war Lisa froh, sich schlafen zu legen, auch wenn es weitaus früher war als sonst. Sie war trotz des Tees absolut erschöpft und das Autofahren hatte sie dank eines unerwarteten Staus mehr Energie gekostet als gedacht.

Sie schlief durch die Nacht bis zum nächsten Morgen, traumlos und ruhig.

Kapitel 3

Lisa grinste, als sie das Blatt bereits beim ersten Versuch vom Tisch fegte. Seit der ersten Stunde bei Merla, fiel ihr die Magie immer leichter und heute, am Montag, eine Woche nach dem sie einen ersten Funken Magie gelernt hatte, klappte es immer besser.

Merla, die ihr Gegenüber saß, lächelte zum ersten Mal richtig. Sie war heute bisher ernst gewesen, ernster als am Mittwoch, wo sie sich das letzte Mal gesehen hatten.

"Sehr gut", lobte sie und das kleine Lächeln blieb noch einen Moment länger, ehe der ernste Gesichtsausdruck zurück kehrte. Überhaupt wirkte sie stiller. Vielleicht lag es jedoch auch am Wetter. Seit Sonntag sammelten sich immer mehr Wolken und im Augenblick hingen sie dunkel und schwer über dem Land und versprachen starken Regen.

"Ist...alles in Ordnung?", fragte Lisa nach einem Moment des Zögerns.

Merla schien kurz überrascht und seufzte dann leise. "Der Job am Freitag war hart und das Wochenende anstrengend, denk dir nicht viel dabei."

Lisa hatte den Eindruck, dass Merla nicht alles sagte, doch sie nickte und nahm die Antwort an. Wenn Merla nicht über etwas sprechen wollte, dann war das ihr gutes Recht.

"Dann beginnen wir damit, die Lektion auszuweiten", erhob Merla wieder das Wort und Lisa richtete sich etwas auf, aufmerksam und leise aufgeregt.

"Es gibt viele verschiedene Bereiche der Magie und wir werden die Grundsteine von den meisten anschneiden", erklärte Merla. "Du kannst dich dann entscheiden, auf was du dich spezialisieren möchtest. Für gewöhnlich, wählen die meisten Hexen und Hexer zwei oder drei Bereiche aus. Manche legen sich auch nur auf einen einzigen fest und wieder andere lernen später noch mehr dazu. Fürs erste bleiben wir jedoch dabei, Gegenstände zu bewegen, leg dein Handy hier hin."

"Okay", sagte Lisa und legte rasch ihr Handy auf den Tisch.

"Das Handy ist schwerer als ein Blatt, daher wirst du mehr Konzentration brauchen. Du kennst das Gefühl jetzt schon ein wenig, zieh die Energie zu dir und lenke sie mit deinem Geist. Schiebe das Handy damit. Je größer deine Willenskraft ist, desto größere Objekte kannst du bewegen. Je mehr Magie du hast, desto mehr Objekte kannst du in einem Zeitrahmen bewegen."

Lisa zog konzentriert die Brauen zusammen, während sie sich auf ihre Energie konzentrierte. Sie legte so viel Entschlossenheit wie sie konnte hinter den Schub ihrer Magie und ihr Handy rutschte mit einem kräftigen Ruck vom Tisch.

Merla reagierte blitzschnell und fing es auf, ehe sie es zurück auf den Tisch legte. Wieder war kurz ein Lächeln von ihr zu sehen und Lisa begriff, dass es stolz war. Merla war stolz darauf, dass sie es geschafft hatte.

"Gut, sehr gut. Versuchen wir noch etwas schwierigeres. Versuch das Handy schweben zu lassen. Stell dir vor, deine Magie ergreift es, wie eine Hand oder wie eine Kraft von unten."

"War das, was Kara mit dem Stift gemacht hat?", fragte Lisa, während sie sich bereits wieder auf ihr Handy konzentrierte.

"Ja. Im Laufe der Zeit wird es so einfach wie atmen. Ich kenne einige Hexen, die fast nur noch über das Bewegen durch Magie oder andere Formen von Magie agieren."

Merla verstummte wieder und Lisa atmete leise tiefer ein, ehe sie nach ihrer Energie griff.

Etwas schweben zu lassen, war weitaus schwerer, als nur etwas zu schieben.

Sie brauchte lange, bis es das erste Mal klappte und von da an, ging es einfacher. Sobald Lisa verstanden hatte, wie sie ihre Energie verwendete, gelang es ihr, ihr Handy bis auf Kopfhöhe schweben zu lassen, ehe sie es sogar zu sich brachte und in ihre Hand fallen ließ.

Merla grinste kurz und nickte zufrieden. "Sehr gut. Du lernst schnell, wenn das in dem Tempo weiter geht, hast du bis zum Winter die wichtigsten Grundkenntnisse gelernt. Bis zum Sommer sollten wir dann alle Anfangsbereiche abgedeckt haben und du kannst anfangen dich zu spezialisieren oder ausführlicher zu lernen."

Merla räusperte sich kurz. "Jetzt kommen wir zum theoretischen Teil: Der Geschichte."

Lisa schob ihr Handy zurück in ihre Tasche. "Sollte ich da irgendwie mitschreiben?"

Merla überlegte kurz und schüttelte dann den Kopf. "Sobald du Türportale erschaffen kannst, gehen wir in die Bibliothek und suchen die Buchtitel raus, die das alles behandeln. Wenn du dir die Bücher selbst kaufen möchtest, gebe ich dir Webseiten oder Adressen, wo du alles bekommst. Vor allem wenn du mehr über etwas erfahren möchtest, ich werde nur die wichtigsten Punkte besprechen. Ganz abgesehen davon, dass ich mich in einigen Bereichen oder der Vergangenheit anderer Länder selbst nicht gut auskenne."

"Okay." Lisa beschloss jetzt schon, sich die Bücher genauer anzusehen und ein oder zwei davon zu besorgen. Je mehr sie von dieser neuen, fremden Welt wusste und verstand, desto besser.

"Gut. Hexen gab es schon immer, auch wenn ihre Kräfte und ihre Anwendung von Magie sich im Laufe der Zeit immer mehr verändert haben. Es gibt Aufzeichnungen von Hexen, aus dem alten Ägypten, von den alten Griechen und Römern, Kelten, in ganz Asien und auf verschiedenen Inseln. In jedem Land dieser Welt werden Hexen und Hexer geboren. Fangen wir jedoch ab dem Zeitpunkt an, ab dem es sehr schwierig für sie in unserer westlichen Welt wurde: Der Hexenjagd im Mittelalter durch die Kirche."

"Davon hab ich schon einiges gehört", sagte Lisa. "Meine Tante hat mir mal davon erzählt, wie es damals zugegangen ist."

Merla nickte verstehend. "Mit der Hexenjagd ist eine Gefahr aufgetreten, die es so vorher nur sporadisch gegeben hat, da es selten Hexen gab, die jemanden verletzt haben. Die Leute haben Angst vor Hexen bekommen und auch ein falsches Bild. Flüche funktionieren nicht so, wie es allen weißgemacht wurde. Im Grunde existieren sie auch nicht in der Form, wie die Medien es in vielen Bereichen gerne darstellen. Allerdings gab und gibt es Hexen, wenn auch nicht viele, die genug Macht und Wissen haben, um Menschen physisch und mental zu verändern oder zu beeinflussen."

"Aber es ist möglich, jemandem etwas zu tun?", hakte Lisa nach und Merlas Gesicht wurde leicht grimmig, während sie die Stirn runzelte.

"Leider ja. Unsere Energie ist immer neutral, bis wir sie in verwenden. Entweder wir tun gutes, oder nicht. Einige halten sich auch ganz raus und verwenden ihre Magie ausschließlich für sich selbst und ohne andere zu beeinflussen. Doch es gibt Hexen, die sind dazu in der Lage, mit ihrer Kraft schlimmes anzustellen. Darauf komme ich ein andermal noch zurück."

Merla holte kurz leise Luft, ehe sie weiter sprach. "Dadurch, dass die Kirche es fast ausschließlich auf Frauen abgesehen hatte, sind die Hexer meist verschont geblieben und sie haben sich gegenseitig geholfen, bis sie die Zeit überstanden hatten. Damals gab es noch keinen Rat und die Hexen haben sich zu Zirkeln zusammen geschlossen, das ein Oberhaupt beschützt hat."

Lisa hörte unerwarteter weise ein leises Donnergrollen und einen Moment später begannen die ersten Regentropfen gegen das Glas zu fallen. Merla und sie hielten kurz überrascht inne, ehe Merla fort fuhr.

"Erst später, als die Welt immer mehr vernetzt wurde und die Länder immer mehr in Kontakt miteinander gekommen sind, ist der Rat entstanden. Damals wurde es durch einen Krieg unter den Hexen selbst ausgelöst, woraufhin sich die Länder zusammen getan und den Rat gegründet haben. Heute hat der Rat zehn Vorsitzende, aus verschiedenen Regionen der Welt. Diese Vorsitzenden werden wiederrum von ihren Regionen ausgesucht."

Merlas Handy klingelte auf einmal, doch sie ignorierte es. "Der Rat hat die magische Welt im Laufe der Zeit immer mehr zusammen geschlossen und strukturiert. Gegen 1880, gab es dann einen weiteren, großen Schritt. Die Hexen nennen diese Zeit den 'Anderswesen Krieg'. Damals gab es noch keine Regelungen für Vampire und Wers aller Art, sie sind auch meist für sich geblieben. Der Rat hat, nach dem einige Vorfälle bekannt geworden sind, beschlossen, dass niemand mehr ohne Erlaubnis verwandelt oder gebissen werden darf, woraufhin es erst einmal eine Rebellion gegeben hat, von denen, die darüber selbst bestimmen oder mehr Macht wollten."

"Kann man es denn Rückgängig machen, wenn jemand gebissen wurde?", fragte Lisa und im stillen versuchte sie noch, sich alles zu merken und zu begreifen. Wenn es Vampire und Werwölfe und dergleichen gab, welche Wesen gab es denn dann noch?

"Ja, kann man. Hexen selbst können nicht verwandelt werden. Sobald wir einmal unsere Magie entdecken, schützt diese unsere Körper davor, in etwas anderes magisches verändert zu werden. Auch wenn es unterbewusst passiert, wie es bei dir der Fall gewesen ist. Normale Menschen hingegen, können durch einen Experten zurück verwandelt werden. Allerdings ist das nur einmal möglich, danach ist der Teil in den Menschen für Übernatürliches zerstört und ein weiterer Versuch der Verwandlung würde zu einem definitiven, unumgänglichen Tod führen."

Merlas Handy klingelte erneut und sie runzelte die Stirn. "Entschuldige bitte, ich muss kurz ran gehen."

Lisa lehnte sich im Stuhl zurück, während Merla ihr Handy hervor zog und aufstand. Sie ging zur Feuerstelle hinüber und hob ab.

"Merla hier", sagte sie und hielt dann inne. Innerhalb weniger Augenblicke wurde ihr Gesicht grimmig. "Ich verstehe, ich mache mich sofort auf den Weg."

Sie legte auf und wandte sich an Lisa. "Es tut mir leid, ich muss die Stunde hier beenden. Eine Bezirkshexe braucht Hilfe, ein Hexer hat gestern bei einer Barschlägerei Magie verwendet und sie haben erst jetzt heraus gefunden, wo er sich aufhält. Wir treffen uns wieder um die selbe Zeit am Mittwoch?"

Sie schaffte es gerade noch zuzustimmen, da hob Merla bereits ihre Tasche auf und eilte aus der Hütte. Lisa kam rasch auf die Beine und als sie selbst nach draußen trat, sah sie noch, wie ihre Lehrerin mit langen Schritten davon joggte.

Ein kühlerer Wind als an diesem Morgen fegte die Küste entlang, zusammen mit dem Geruch nach Regen und Salzwasser und begleitet von dem Geräusch von starkem Wellengang, der sich an den Klippen brach.

Kara verließ ihre Wagons und sah verwirrt und besorgt Merla hinterher, ehe sie Lisa sah und zu sich winkte.

Lisa rückte den Trageriemen ihrer Tasche zurecht und duckte den Kopf gegen den Regen, während sie zum Wagon eilte und hinein trat.

"Ist etwas passiert?", fragte Kara und Lisa hob ratlos die Schultern.

"Merla hat einen Anruf bekommen. Es klang allerdings ernst, ein Hexer hat Magie in einer Bar verwendet." Sie warf einen nervösen Blick hinaus in den Regen.

Kara zog die Brauen etwas mehr zusammen. "Das ist nicht gut. Sie dürften das jedoch gut wieder in den Griff bekommen. Merla wurde wahrscheinlich dazu gerufen, falls der Hexer noch zu Handgreiflichkeiten bereit ist."

"Was für einen Beruf hat Merla eigentlich?", fragte Lisa und wischte ein paar Regentropfen aus ihrem Gesicht.

"Sie ist Bodyguard oder kann als Sicherheitskraft angeheuert werden", antwortete Kara mit einem kleinen, schiefen Lächeln. "Ansonsten ist sie für Bezirkshexen da, wenn die Unterstützung oder Verstärkung brauchen. Ich kenne auch ein paar Institutionen und Ämter, die ihre Dienste bereits in Anspruch genommen haben."

Lisa gab einen verstehenden Laut von sich und Schweigen senkte sich zwischen sie, ehe Kara ihr kurz die Schulter tätschelte. "Ich möchte nicht unhöflich sein, doch ich denke, du solltest dich auch auf den Heimweg machen, Lisa."

"Oh, natürlich." Lisa trat rasch durch die offene Wagontür. Sie empfand es nicht als unhöflich, das hier war immer noch Karas Zuhause und sie konnte jeden fort schicken, den sie wollte. Außerdem war sie ohnehin schon freundlich genug und ließ Merla und Lisa ihre Hütte benutzen. "Bis Mittwoch", rief Kara noch und Lisa winkte ihr kurz über ihre Schulter zu, ehe sie weiter durch den Regen huschte.

Sobald sie wieder in ihrem Auto saß, hörte sie ein weiteres Donnergrollen und beeilte sich, nach Hause zurück zu kommen.

In ihrem Heim angekommen, schrieb sie mit Ji-Woo und Anna, während sie sich ein spätes Mittagessen zubereitete.

Da ihr Vater nicht Zuhause war, übte Lisa noch mit ihrer Magie. Sie öffnete eine Schublade ohne sie anzufassen und konzentrierte sich, um das Besteck langsam nacheinander heraus zu heben. Es dauerte länger als wenn sie es mit den Händen getan hätte, doch zum Schluss war alles da und sie grinste kurz stolz.

Merla hatte auch recht behalten, ihr Körper gewöhnte sich mit jedem Tag ein bisschen mehr an die Verwendung von Magie und Lisa fühlte sich nicht mehr so schnell ermüdet wie am Anfang.

Sobald sie gegessen hatte, wusch sie das Geschirr und ließ ein Kissen auf dem Sofa hoch und runter schweben, bis sie zu erschöpft war, um ihre Energie weiter zu verwenden.

Lisa bemerkte kaum, dass sie auf dem Sofa eindöste, bis sie hörte, wie die Haustür aufging.

Verschlafen setzte sie sich auf um ihren Vater zu grüßen, ehe sie inne hielt. Ihr Vater hielt einen Karton in den Händen und trat sich die Schuhe von den Füßen ohne ihn los zu lassen.

"Hey, Lisa", sagte er und kam auf sie zu. "Ich habe sie in einer Gasse neben dem Revier gefunden."

Er stellte den leicht feuchten Karton auf dem Boden ab und hob vorsichtig und sanft zwei Katzenbabys heraus. Eine war eine kleine Dreifarbige und die andere war hellgrau mit dunklen Tigerstreifen. Hellbraune und schwarze Flecken mischten sich bei der Dreifarbigen unter das weiße Fell und die kleinen Katzen sahen sich um, während sie sich mit ihren Krallen ein wenig in der Hand von Lisas Vater fest hielten.

"Sie sind in dem Karton ausgesetzt worden", fuhr er leise fort und ein Blick in den Karton offenbarte Lisa, dass die Katzen auf seiner Dienstjacke gelegen hatten. "Wir müssen sie nicht behalten, ich kann auch einen Arbeitskollegen fragen. Doch...wir hätten jetzt den Platz für Haustiere und ich war vorhin beim Tierarzt und sie sind gesund, wenn auch etwas zu dünn. Es ist auch nicht sicher, ob sie Geschwister sind, oder einfach nur zusammen ausgesetzt wurden."

"Natürlich behalten wir sie!" Lisa schwang aufgeregt die Beine von der Couch und ihr Vater grinste. "Wie wollen wir sie nennen?"

Lisas Vater setzte die Kleinen sachte auf dem Sofa ab. Auf vorsichtigen Pfoten, tappten sie ein paar Schritte und sahen sich aufmerksam um, wobei sie dicht zusammen blieben.

"Ich weiß nicht, hast du einen Vorschlag?", fragte er.

Lisa musterte die Katzen, sie sich jetzt langsam dem Kissen zu wandten und daran schnüffelten. Ein plötzlicher Geistesblitz traf Lisa und sie grinste. Es war sowohl wundervoll ironisch als auch passend, dass sie als beginnende Hexe jetzt zwei Katzen hatte.

"Runa", sagte sie und deutete auf die Graugestreifte, ehe sie zu der Bunten nickte. "Und Kira."

Lisa hielt Runa langsam die Hand hin, woran das Kätzchen ebenfalls schnüffelte. Dann strich sie ihr vorsichtig über den Kopf und Runa schloss kurz halb die Augen. Kira tappte vorsichtig näher und Lisa hielt still, bis sie ebenfalls an ihrer Hand schnüffelte.

"Willkommen in der Familie, Runa und Kira", sagte ihr Vater mit einem Lächeln und erhob sich dann wieder. "Hast du ein Auge auf sie? Dann kann ich alles holen das wir für sie brauchen, bevor die Läden zu machen. Später lasse ich mir noch die Papiere zuschicken, damit wir sie eintragen und an einem anderen Tag vom Tierarzt chippen lassen können."

"Natürlich." Lisa lächelte Kira an, die sich jetzt den Kopf kraulen ließ, ehe sie mit kleinen, tapsigen Schritten dazu überging, das Sofa weiter zu erkunden. Runa folgte ihr.

"Oh ja, Paps?", hielt Lisa ihren Vater auf, der sich bereits wieder auf den Weg zur Tür machte. Fragend wandte er sich um und sie atmete kurz tiefer ein. "Wäre es in Ordnung, wenn ich den leeren Raum oben für mich nutze?"

Ihr Vater hob überrascht die Brauen und nickte dann. "Klar kannst du das, ich hatte bisher nichts damit vor."

"Danke." Lisa konnte nicht umhin, sich erleichtert darüber zu fühlen, dass er ohne zu Fragen zu stimmte. Sie wollte ihn nicht anlügen und zugleich wusste sie, dass es schwierig wäre, die Wahrheit zu erklären.

Er hielt noch einen Moment lang noch inne und als Lisa nichts weiter sagte, wandte er sich zum gehen. Kurz darauf fiel die Haustür hinter ihm ins Schloss und Lisa half den Kätzchen vom Sofa, damit die Kleinen sich weiter umsehen konnte.

Runa war vorsichtig, jedoch auch deutlich neugierig und sie schlich unter das Sofa, ehe sie unter den Couchtisch tappte und sich dort umsah. Kira war ein bisschen mutiger und tappte am Sofa entlang und ein paar Schritte Richtung Küche, ehe sie es sich anders überlegte.

Lisa zog ihr Handy hervor und machte rasch ein Foto von dem neuen Familienzuwachs, das sie ihren Freunden schickte.

Den restlichen Abend verbrachte Lisa dann damit, ihrem Vater zu helfen, die Katzentoilette aufzubauen und das Katzenfutter zu verstauen, ehe sie entschieden, in ihren beiden Schlafzimmern und dem Wohnzimmer Decken oder Schlafkissen zu haben, auf die Runa und Kira sich legen konnten, wenn sie wollten.

Die kleinen Katzen verloren bald ihre Scheu und sobald sie begriffen, dass es Futter gab, schnurrten sie um Lisas Beine.

Nach einem Besuch auf der Katzentoilette und Lisas eigenem Abendessen, tappten Runa und Kira ihr hinterher, als sie sich auf den Weg in ihr Schlafzimmer machte. Die kleinen Katzen hopsten die Treppenstufen nach oben und erkundeten alle neuen Räume.

Lisa ließ ihre Tür ein Stückchen offen und kurz bevor sie einschlief, bemerkte sie noch, wie die beiden auf ihr Bett sprangen und sich jeweils einmal neben ihrem Kopf auf dem Kopfkissen und auf der Decke an ihrer Seite mit einem leisen Schnurren einrollten.

~*~

Als Lisa am Mittwoch wieder bei Kara eintraf, stellte sie überrascht fest, dass die Hexe damit beschäftigt war, vor ihren Wagons Pflanzenbündel zusammen zu binden.

Kara sah nur kurz auf um ihr knapp zu zuwinken, ehe sie sich wieder ihrer Arbeit zu wandte. Lisa ging mit leisen Schritten weiter zur Hütte und öffnete die Tür.

"Heute üben wir Symbole, vor allem für Portale", sagte Merla, sobald sie eintrat und die Tür hinter sich schloss.

Lisa musterte sie kurz und bemerkte, dass sie irgendwie grimmig aussah. Gerade als sie ein Gespür für die Energie um Merla bekam, hob diese eine Hand.

"Ich bin mir sehr sicher, du weißt nicht was du gerade tust, doch in Hexenkreisen ist es sehr, sehr unhöflich." Auf Lisas überraschten und leicht erschrockenen Blick hin, bedeutete Merla ihr, sich zu setzen.

"Bei den meisten Leuten, bei denen sich ihre Magie unterbewusst entwickelt, zeigt sich Magie auf die eine oder andere subtile Weise. Im Supermarkt, als wir uns das erste Mal gesehen haben, hast du das gleiche getan, deshalb hätte ich dich fast darauf angesprochen", fuhr Merla fort. "Du tastest mit deiner Magie die Energie deines Gegenüber ab."

Lisa lehnte sich, immer noch überrascht und jetzt zurück haltend, in ihrem Stuhl zurück. "Entschuldige", sagte sie und Merla winkte beruhigend ab, ehe Lisa weiter sprach. "Wie tue ich das? Ich spüre auch nicht von jedem etwas."

"Es ist eine einfache Methode um heraus zu finden, ob jemand vor dir eine Hexe ist oder ein übernatürliches Wesen. Es ist, als würde dir jemand gegen die Schulter klopfen um zu sehen, ob du ein echter Mensch bist. Nur eben mit Energie. Es gibt Hexen die merken das nicht, doch in der Regel fällt es uns auf, wenn uns jemand abklopft. Vor allem da einige Hexen immer mit einer Aura von Magie um sich herum unterwegs sind, weil sie ihre Kräfte viel, wenn nicht sogar ständig benutzen."

"Wie höre ich damit auf?", fragte Lisa. Ihr war unwohl bei dem Gedanken, Fremde einfach so energetisch anzuklopfen.

"Es sollte reichen, dass du es jetzt weißt", sagte Merla beruhigend. "Du solltest dich von nun an selbst stoppen können, wenn du damit anfängst. Sollte es später weiter passieren, können wir üben bis du merkst, dass du unbewusst dabei bist Magie zu verwenden."

"Okay, danke." Lisa setzte sich in ihrem Stuhl zurecht und räusperte sich leicht. "Also, Symbole. Keine Runen?"

"Runen sind hauptsächlich von den Germanen verwendet worden, im Rest der Welt würdest du anderes finden", erklärte Merla und schüttelte leicht den Kopf. "Wir Hexen verwenden Symbole für unsere Magie. Ich bringe dir die Grundsteine bei, die jeder kennt. Wenn du von da an weiter aufbauen willst, kann ich dir bis zu einem gewissen Grad mehr lehren. Alles darüber hinaus müsste von jemandem der sich besser auskennt erklärt werden."

"Okay." Lisa nickte und Merla zog ein Blatt aus ihrer Tasche. Sie legte es auf den Tisch und tippte kurz mit dem Finger darauf, woraufhin sich Linien und Worte darauf abbildeten.

"Das hier sind die Grundsymbole die jeder beherrscht. Sie werden für Portale verwendet und um etwas vor Menschen zu verstecken, die keine Magie beherrschen, oder auch für Gegenstandsmagie. So ein Symbol ist auch auf den Blättern des Rates, wenn auch nicht sichtbar. Manche von ihnen, wenn sie in Tinte geschrieben sind, lassen sich mit Magie entfernen, wie auf dem Formular das du unterschrieben hast und auf diesem Blatt hier. Die meisten von ihnen sind jedoch dauerhaft, wenn du es richtig machst."

Als nächstes zog Merla ein etwa fingerdickes, faustgroßes Holzquadrat hervor, zusammen mit dünnem Schnitzwerkzeug.

"Symbole die einmal in etwas geritzt werden, bleiben bestehen bis man sie entfernt. Wir können Symbole auch in die Luft malen, doch das erfordert hohe Konzentration und es ist eine einmalige Verwendung, die danach verschwindet. Mein Lehrer früher hat die Symbole immer als Kleber bezeichnet, die Magie fest halten und sie in gewollte Bahnen lenken oder Aktionen ausführen. Entweder ist das temporär oder, solange Energie vorhanden ist, dauerhaft."

Merla hob die Hand und mit ein paar schnellen Fingerbewegungen, blieben ein paar flirrende Symbole in der Luft hängen, die Lisa kaum wahrnehmen konnte. Ihre Lehrerin wischte sie mit einer weiteren Geste hinfort.

"Wir haben auch feste Symbole, die an ein und denselben Ort führen, wie Beispielsweise der Bibliothek und dem Rat, der sich auf einer Insel befindet und bei dem jährlich auch ein großes Treffen der magischen Gesellschaft abgehalten wird. Dort treffen dann alle ein, von Hexen und Hexern über Wers bis hin zu Harpyien und anderen Wesen. Wir fangen heute mit der Bibliothek an, das ist das wichtigste für den Anfang."

Sie reichte Lisa das Schnitzwerkzeug. "Das beste wäre, wenn du diese Symbole Zuhause in eine Tür ritzen kannst. Kreide ginge auch, sobald du sicher genug in der Verwendung von Symbolen bist. Wenn nicht, nehmen wir einfach die Tür hier."

Merla deutete zur Tür der Hütte und Lisa wandte sich um. Überrascht stellte sie fest, dass einige Symbole in einem Kreis und mit Mustern und Zeichen angeordnet waren. Das war ihr bisher noch nicht einmal aufgefallen, so abgelenkt war sie von allem und durch ihre Aufregung gewesen.

Lisa straffte entschlossen die Schultern. "Wo fange ich an?"

Über Merlas Gesicht huschte der Schatten eines Lächelns, ehe sie begann Lisa alles beizubringen.

Am Ende des Tages, als nur noch die untergehende Sonne den Raum erhellte, hatte Lisa endlich alles begriffen. Welches Symbol sie als Anker für den Ausgangspunkt verwendete, Beispielsweise ihr Zimmer oder die Hütte hier, welches Zeichen die Magie entweder leitete oder speicherte und welche Anordnung von Symbolen sie wohin bringen würden oder für was sie sonst noch verwendet werden konnten.

"Der Rest ist komplizierter als nur die Anfangssymbole", sagte Merla, während sie alles zusammen packten. Lisa durfte das Schnitzwerkzeug und das Blatt behalten, die Holzplatte mit der sie geübt hatten nahm Merla wieder mit.

"Kann ich auch andere Orte erreichen, als die, die ich heute gelernt habe?", fragte Lisa.

Merla nickte. "Es funktioniert so ähnlich wie Koordinaten. Sagen wir du möchtest nach Übersee, entweder nimmst du da ein bereits bestehendes Portal beim Rat, oder du schaffst ein eigenes. Das zu lernen dauert jedoch und ich würde es dir später beibringen. Für den Anfang ist es wichtig, das du zur Bibliothek und dem Rat und wieder nach Hause kommen kannst, wenn du willst."

Sie hielt inne und zog eine kleine, runde Holzplakette mit Symbolen aus ihrer Tasche.

"Hier, das hätte ich fast vergessen. Das hier ist dein Weg nach Hause, wenn du einmal in die Bibliothek oder woanders hin gehst. In allen Gebäuden der magischen Welt gibt es Türen, die bereits mit Symbolen versehen sind. Du setzt das hier einfach an der leeren Stelle ein, verwendest deine Magie, öffnest die Tür und nimmst die Plakette wieder heraus. Vergiss sie nicht, sonst musst du dir eine neue zulegen."

"Wie funktioniert das mit dem nach Hause kommen, das Symbol würde bei mir doch so aussehen wie bei dir, nicht wahr?", fragte Lisa, während sie die Plakette entgegen nahm.

"Stimmt, doch deine und meine Magie sind unterschiedlich. Es ist wie ein Fingerabdruck. Wenn deine Tür Zuhause mit deiner Magie versehen ist, wenn du hindurch trittst um die Bibliothek zu erreichen, bleibt sie in den Symbolen aktiv, wie etwas, das an Kleber haftet. Setzt du die Plakette in der Bibliothek ein und verwendest wieder deine Magie, verbindet diese sich mit deiner Tür und du kommst nach Hause. Bist zu zurück, löst die Magie sich wieder auf, das ist so vorgesehen durch ein anderes Symbol in der ganzen Anordnung. Bei Spiegelportalen oder Luftportalen funktioniert das etwas anders. Das bringe ich dir an einem späteren Zeitpunkt bei."

Lisa nickte verstehend und Merla öffnete die Tür, ehe ihre Lehrerin stehen blieb.

"Geh ruhig vor", sagte sie und trat zur Seite. "Kara und ich gehen uns heute aus dem Weg."

Verdutzt sah Lisa an ihr vorbei und erstarrte. Sie spürte, wie ihr Mund sich überrascht öffnete. Vor Kara, die jetzt bei den Gewächshäusern stand, landete eine Frau.

Anstelle ihrer Arme hatte sie Flügel und sobald sie mit den scharfen Klauen auf dem Boden aufsetzte, leuchtete eine Kette mit einem Stein um ihren Hals auf und ihre Flügel verwandelten sich zu Armen und ihre Klauen in Füße. Ihr Top war am Rücken ausgeschnitten und in ihrem Nacken zusammen gebunden, was ihren Rücken und die Schultern für die Flügel frei ließ. Sie trug auch keine Schuhe, was mit den Klauen auch nicht möglich gewesen wäre, während ihre Shorts bis zu den Knien reichten.

"Eine Harpyie", sagte Merla leise. "Die Kette ist ein Schutz für sie. Wenn sie fliegen, sieht sie niemand, der keinen Kontakt zur magischen Welt hat. Sobald sie landen, nehmen ihre Flügel eine andere Gestalt an. Damit kann sie problemlos leben wo sie möchte, ohne sich zu verstecken."

Merla warf Lisa einen Blick zu und nickte dann nach draußen. "Geh ruhig. Wir können am Freitag dann die Bibliothek aufsuchen, wenn du möchtest. Ich kann dir die Buchtitel zwar auch so geben, aber ich denke es wäre ganz gut, wenn du die Bibliothek zumindest einmal gesehen hast."

"Gerne. Bis dann, Merla." Lisa ging los, während Merla sich noch gegen den Türrahmen lehnte und wartete.

"Meine Tochter und mein Sohn fliegen bald das erste Mal außerhalb unseres Grundstücks", hörte Lisa die aufgeregte und erfreute Stimme der Harpyie, sobald sie ein Stück von der Hütte weg war. "Daher bräuchte ich zwei Ketten für sie."

"Natürlich. Ich dürfte sie bis zum Ende der Woche bekommen. Wenn Sie am Freitag noch einmal kommen würden, können Sie sie mitnehmen", sagte Kara mit einem kleinen Lächeln.

"Vielen Dank!" Die Harpyie ergriff kurz ihre Hände und drückte sie mit einem breiten, strahlenden Grinsen, ehe sie einen Schritt zurück trat. Ihr Blick viel dabei kurz auf Lisa und sie winkte, ehe sie sich wieder Kara zu wandte. "Bis Freitag dann."

Mit diesen Worten breitete sie die Arme aus und von einem Moment zum nächsten, verwandelten ihre Arme sich mitten in der Bewegung in Flügel, die so lang waren wie die Frau groß war und mit einem kräftigen Sprung schwang sie sich in die Luft.

Lisa spürte den Luftstoß den die Flügel verursachten, als die Frau höher flog und dann bog sie mit einer kleinen Rolle nach rechts ab.

Kara winkte Lisa ebenfalls kurz zu, ehe sie sich umwandte und in einem der Gewächshäuser verschwand. Lisa ging langsam weiter, den Blick wieder gen Himmel gerichtet und sie beobachtete, wie die Harpyie höher stieg.

Ein Grinsen breitete sich langsam auf ihrem Gesicht aus. Was es sonst wohl noch für magische Geschöpfe gab, für Menschen mit Fähigkeiten, von denen sie noch nichts wusste?

Mit einem Mal konnte Lisa es kaum noch erwarten, alles über die magische Welt zu erfahren.

Kapitel 4

"Was stellst du in letzter Zeit so an?", fragte Ji-Woo Lisa, als sie sich am Donnerstag trafen. Er warf ihr einen fragenden und amüsierten Blick zugleich zu. "Du bist mehr unterwegs als zuvor und wir können dich schwerer erreichen."

"Stimmt", sagte Anna leise, die ihren Arm mit Lisas verhakt hatte. "Ist etwas passiert?"

"Abgesehen von diesen niedlichen Katzen", fügte Ji-Woo hinzu. "Die wir heute endlich kennen lernen können."

Lisa musste trotz der aufsteigenden Nervosität grinsen. Sie wusste jedoch nicht, was sie ihren Freunden erzählen sollte ohne zu lügen und wenn sie ehrlich war, wollte sie als letztes willentlich etwas falsches erzählen.

Lisa führte sie von der Einkaufsstraße fort zu dem Parkplatz, wo sie geparkt hatte und dachte über ihre Antwort nach.

"Ich lerne derzeit etwas", sagte sie schließlich. "Es ist so eine Art Kurs."

Ji-Woo und Anna tauschten einen überraschten Blick und sahen sie dann fragend an. Bevor Lisa jedoch etwas sagen könnte, schnaubte ein junger Mann, der ihnen auf dem Weg entgegen kam.

"Nettes Shirt", sagte er mit scharfem Sarkasmus an Ji-Woo gewandt. Der sah kurz an sich herab und auf sein weißes Shirt, auf dem ein Einhorn Fahrrad fuhr.

Mit gehobener Braue sah er den Fremden wieder an und grinste dann lässig. "Ich weiß."

Ohne ein weiteres Wort ging er weiter und Lisa und Anna folgten ihm, ebenfalls grinsend.

Ji-Woo trug was er wollte, ob es eine schwarze Jacke mit einem Totenschädel war, ein rosé Hemd mit einem Reh darauf oder ein Pulli mit einem Wal. Soweit Lisa wusste, hatte er sogar Schlafanzughosen mit

75

Superhelden aufgedruckt. Größtenteils jedoch bestand seine Kleiderschrank aus Merchandise von diversen Serien und Spielen.

"Also, was ist das für ein Kurs?", fragte Ji-Woo weiter und Lisa haspelte für einen Moment nach einer Antwort.

"Geschichte", sagte sie schließlich lahm. "Und Kräuterkunde."

Merla hatte schon angekündigt, dass sie nach ein paar anderen Bereichen der Magie in die Kräuterkunde einsteigen würden und Lisa war bereits schon darauf gespannt.

Dennoch fühlte sie sich nicht ganz wohl mit den Antworten, die sie ihren Freunden gab. Sie log nicht, doch das war nur eine schwache Ausrede, wenn es zu dem kam, was sie letztendlich verschwieg.

Ji-Woo und Anna akzeptierten ihre Antwort jedoch und als Lisa nicht mehr dazu sagte, wechselten sie das Thema.

Den ganzen Weg nach Hause, gab Lisa ihr bestes, sich während sie fuhr, vom Verkehr und ihren Freunden von dem kleinen, aber persistenten Biss ihres schlechten Gewissens ablenken zu lassen.

Sobald sie bei dem Haus ankamen und eintraten, rief Lisa nach Runa und Kira.

Die Kätzchen kamen mit einem kleinen Maunzen angetappt und hielten dann inne, als sie die Fremden sahen.

"Hallo", sagte Ji-Woo leise und ließ sich auf die Knie sinken, eine Hand für sie ausgestreckt. "Hey, ihr kleinen Glückskatzen."

Runa kam langsam auf ihn zu und schnüffelte an seinen Fingern, ehe sie ihn für vertrauenswürdig oder akzeptabel befand und zu Annas Hand wanderte, während Kira ihr folgte. Sobald auch sie inspiziert und akzeptiert war, schnurrte Runa um Lisas Beine, bis diese sie hoch hob.

"Wollt ihr etwas zu essen?", fragte Lisa und führte ihre Freunde in die Küche, als diese nickten.

Die Katze setzte sie nach einem Moment des Kraulens zurück auf den Boden und machte sich daran, mit Ji-Woo und Anna etwas zu kochen.

Runa beschloss dann von Anna getragen zu werden, was diese auch erfreut tat, und als kurz darauf Lisas Handy klingelte, entschuldigte sie sich kurz.

Lisa sah Merlas Namen auf dem Display und hob ab, während sie bei den Fotos ihrer Mutter stehen blieb, die auf der Kommode vor ihr standen.

"Hey Merla", grüßte sie ihre Lehrerin.

"Hallo Lisa. Ich wollte nur kurz anrufen und fragen ob es für dich okay wäre, wenn morgen noch jemand mit uns in der Hütte ist? Wir werden die meiste Zeit zwar in der Bibliothek verbringen, aber es würde noch ein anderer Hexer unterrichtet werden."

Lisa hielt kurz überrascht inne und atmete dann aus. "Damit habe ich kein Problem."

"Okay. Das wäre dann auch alles. Bis morgen."

"Bis morgen", sagte Lisa, ehe Merla auflegte.

Ein plötzliches Scheppern ließ sie herum wirbeln und sie sah Runa und Kira, die unter das Sofa rannten und Anna, die gerade noch im letzten Moment den Topf auffing, wobei der Deckel herab gestürzt war und über den Boden davon rollte.

Für einen Moment herrschte erschrockene Stille, ehe Ji-Woo amüsiert schnaubte und Lisa kurz lachte, während die Katzen misstrauisch unter dem Sofa hervor lugten.

Anna stellte den Topf zurück auf die Arbeitsfläche, ehe sie den Deckel aufhob und Ji-Woo hielt etwas Gemüse und eine Nudelpackung hoch.

"Was haltet ihr von gebratenen Nudeln?"

"Klingt prima", sagten Anna und Lisa im Chor, ehe sie sich gegenseitig angrinsten.

~*~

Lisa hielt inne, sobald sie die Wagons von Kara erreichte. Niemand war zu sehen und abgesehen von dem Rauschen des Windes und dem leisen, rhythmischen Rollen der Wellen war nichts zu hören.

Lisa sah sich kurz um, ehe sie weiter zur Hütte ging. Kara war nicht immer da, häufig verbrachte sie die ganze Zeit in den Gewächshäusern, doch wenn nicht, winkte sie Lisa zu, während sie sich um ihre Pflanzen draußen in den Beeten kümmerte.

Merla nicht zu sehen wenn sie ankam, war jedoch nahezu normal für Lisa. Ihre Lehrerin war fast immer früher da und wartete bereits in der Hütte auf sie. Heute wahrscheinlich auch, noch dazu wenn sie Gesellschaft haben würden.

Ohne anzuklopfen öffnete Lisa die Tür der Hütte und erstarrte. Erstaunt und überrascht sog sie leise die Luft ein und ihre Augen weiteten sich.

Das Innere der Hütte war nicht mehr dort, stattdessen lag jenseits der Türschwelle das blau des Meerwassers. Ein paar Delfine schossen vor ihr vorbei und Lisa schreckte zurück, ehe sie vorsichtig eintrat.

Ihre Schritte wurden leicht, luftig und langsam, als würde sie tatsächlich durch Wasser gehen. Das Atmen jedoch blieb problemlos und die Tür schloss sich von selbst hinter ihr, sobald sie den Türrahmen hinter sich gelassen hatte.

Lisa sah sich langsam um, von den Delfinen bis zu den Schwärmen von Fischen und den Walen und Orcas, die um sie herum schwammen, im Blau verschwanden und wieder auftauchten. Von oben schien die Sonne auf sie herab und warf tanzende Muster über den sandigen Boden.

Haie schwammen ruhig und gleichmäßig über sie hinweg und Lisa spürte den Sand unter ihren Schuhen, der sich mit ihren Schritten verformte und anpasste. Ein Orca schien sie dann zu sehen und schwamm auf sie zu, während leiser Walgesang erklang.

Der Orca hielt vor ihr inne und Lisa hob langsam eine Hand und berührte sachte die Seite des Kopfes vor ihr. Das Tier war so groß.

"Es ist wundervoll, nicht?", erklang auf einmal neben ihr eine Stimme und Lisa zuckte erschrocken zusammen. Der Orca löste sich auf und sie wirbelte herum.

"Entschuldige bitte, ich wollte dich nicht erschrecken." Der junge Mann vor ihr machte einen Schritt zurück und hob beschwichtigend die Hände. Er hatte dunkle, kurze Haare und trug ebenso dunkle, bequem aussehende Kleidung.

Seine Augen jedoch strahlten vor Freude und ein breites Grinsen war auf seinem Gesicht, während sein Blick zu dem Ozean um sie herum wanderte. Sonnenlicht tanzte über seine Haut und er schien vor Glück nahezu von innen zu leuchten.

"So etwas ist mir bisher noch nie gelungen", sagte er dann und Lisa erinnerte sich mit einem Mal wieder, dass das hier nicht normal sein konnte.

"Das warst du?", fragte sie überrascht und erstaunt und ihr Gegenüber grinste breiter.

"Ich bin Illusionist", erklärte er und ein Delfin schwamm einen schnellen Kreis um sie herum, ehe sich alles, von den Meerestieren bis zu dem Licht, dem Wasser und den Sand unter ihren Füßen auflöste wie zerstobene Farbblasen und Rauch.

Das Licht kehrte zur Normalität zurück und die Hütte entstand um sie herum, der Geruch von Kräutern, Rauch und Holz kehrte wieder und für einen Moment vermisste Lisa fast schon die Szenerie von zuvor.

Der Hexer streckte die Hand aus, seine Augen immer noch von unbändiger Freude und Stolz erfüllt. Lisa hatte den Eindruck, dass er, wenn er alleine gewesen wäre, einfach los getanzt hätte.

"Mein Name ist Elias", stellte er sich vor.

"Lisa", antwortete sie und als Lisa seine Hand ergriff, fiel ihr Blick auf seinen Arm und den hoch gerollten Ärmeln. Von seinem Handrücken bis über seinen Ellbogen hinaus erstreckten sich Delfine, umrundeten seinen Unterarm und schwammen in klarem, blauem Wasser.

Für einen Moment war Lisa sich sogar fast sicher, die Tiere bewegten sich, so farbenklar und echt sahen sie aus. Das Blau des Meeres schien ebenfalls um sie herum zu wogen, wie eine stets rollende Welle, oder als würde das Meer atmen.

"Oh, ja, Delfine sind meine Krafttiere", sagte Elias leichthin und ließ ihre Hand wieder los. Er grinste immer noch breit und als sein Blick auf seinen Arm fiel, wurde sein Blick weicher. "Das hier ist eines der größten Geschenke, welche die Magie mir gemacht hat."

Lisa sah überrascht auf. "Das hier war deine Magie?"

Elias hielt ebenfalls überrascht und ein wenig verwirrt inne. Dann sah er aus, als erinnerte er sich plötzlich an etwas wichtiges und schnippte mit den Fingern.

"Du bist die Neue, nicht wahr? Willkommen in der magischen Welt!" Er breitete kurz die Arme aus. Für einen Moment nahm das Licht um sie herum wieder einen blauen Schimmer an und Lisa roch das Meer. Dann streckte Elias ihr wieder seinen Arm entgegen, als lud er sie zu genauerer Inspektion ein.

"Magie kann sich auf deinem Körper zeigen", sagte er dann. "Manche bekommen ihre Krafttiere, andere wiederrum etwas, dass sie definiert oder das sie lieben und das wichtig für sie ist. Mein Lehrer zum Beispiel hat den Nacken voller grüner Blätter, da er Pflanzen so liebt."

"Erzählst du wieder Dinge über mich?", erklang auf einmal eine Akzent besetzte, warme Stimme hinter ihnen und Lisa und Elias schreckten kurz überrascht auf.

Lisa wandte sich um und sah einen großen, bereits ergrauenden Mann mit dunkler Haut und einem freundlichen Lächeln eintreten. Tatsächlich konnte Lisa sonnige, frühlingsgrüne Blätter sehen, die sich sogar so weit seinen Hals hinauf erstreckten, dass sie seine Ohren zu berühren schienen. Die Blätter sahen aus, als wären sie frisch mit Farbe aufgetragen, so klar und deutlich waren sie.

Der Hexer streckte Lisa die Hand entgegen. "Ich bin Adisa, es freut mich, dich kennen zu lernen."

Lisa schüttelte seine Hand und war leise überrascht, als sie die Schwielen an seinen Fingern und der Handfläche bemerkte.

"Gleichfalls", sagte sie mit einem kleinen Lächeln. "Ich bin Lisa."

"Merla hat mir schon von dir erzählt", sagte Adisa und ließ ihre Hand wieder los, ehe er inne hielt, als sie Schritte hörten. Einen Moment später trat Merla selbst ein und nickte Adisa und Elias grüßend zu.

"Entschuldigt die Verspätung", sagte Merla und schloss die Tür hinter sich. "Es gab einen kleinen Unfall auf der Straße und ich musste einen Umweg fahren."

"Natürlich." Adisa nickte. "Wie wollen wir es machen? Du meintest, ihr würdet heute zur Bibliothek aufbrechen?"

"Ja. Wir würden uns sogar jetzt auf den Weg machen. Euch gehört die Hütte solange wir weg sind", antwortete Merla.

"Wunderbar. Wir haben heute ohnehin eine kürzere Unterrichtsstunde eingeplant", sagte Adisa mit einem kurzen, erfreuten Grinsen.

"Oh, in der Bibliothek muss ich demnächst auch wieder vorbei sehen", sagte Elias und grinste dann seinen Lehrer begeistert an. "Ich habe es geschafft, Adisa, die beste Illusion meines Lebens!"

Adisa richtete sich aufmerksam auf und trat auf seinen Schüler zu. "Zeig sie mir, sobald die Damen gegangen sind."

Merla ging auf Lisa zu und zog eine Plakette aus ihrer Hosentasche, die bereits mit Symbolen versehen war und nickte dann zur Tür der Hütte. "Du hast heute die Ehre, uns zur Bibliothek zu bringen", sagte sie mit dem Anflug eines Lächelns. "Die Plakette bringt uns wieder hierhin zurück."

Lisa spürte, wie ihr Mund trocken wurde und ihr Bauch sich nervös zusammen zog. Sie nahm die Plakette entgegen und atmete dann leise ein.

Während sie auf die Tür zu trat, bemerkte sie, wie still es war und sie war sich sicher, dass im Augenblick alle Augen auf ihr ruhten.

Ihre Finger schlossen sich um die Türklinke und Lisa atmete ein weiteres Mal tief durch, ehe sie ihre Magie in die Klinke und in die Tür sendete.

Sie sah es nicht, doch sie spürte mit einem Mal, wie die Symbole sich verbanden, fast, als würden sie zum Leben erwachen.

Ihr Herz schlug schneller und lauter, als sie die Klinke herab drückte und die Tür aufzog.

Anstelle von Karas Grundstück sah sie eine große Eingangshalle vor sich und einen Boden aus poliertem, hellen Stein.

"Gut gemacht", sagte Merla stolz und bedeutete ihr, einzutreten.

"Willkommen in der Bibliothek."

"Viel Spaß!", rief Elias noch und Lisa wandte sich kurz um, um ihm und Adisa zu zuwinken, da schloss sich die Tür auch schon wieder hinter ihr und Merla.

Mit geweiteten Augen, konnte Lisa jetzt richtig und vollkommen sehen, wie die Bibliothek aussah.

Die runde Halle, in die sie getreten waren, war hinter ihnen mit Türen gesäumt und rechts und links gab es jeweils einen großen, breiten Torbogen. Hinter den Bögen sah Lisa Regale um Regale, die vom Boden bis zur Decke gefüllt waren mit Büchern, während warme Lampen an den Regalen alles erhellten.

Säulen befanden sich neben den Torbögen und sie säumten auch den Tresen, der sich ihnen Gegenüber am anderen Ende des Raumes befand.

Die Decke selbst war höher und gab Lisa fast schon das Gefühl, dass sie sich in einem Eingangssaal befand.

Am rechten Ende des Tresens sah Lisa einen breite, steinerne Wendeltreppe, die nach oben und unten führte. Neben der Wendeltreppe und bevor der Torbogen begann, befand sich noch ein Fahrstuhl, dessen geschlossene Türen von dunklerem Marmor und einem goldenen Streifen umrandet waren.

Lisa atmete vorsichtig ein und die Luft war kühl und roch entfernt nach Papier und Holzpolitur.

"Willkommen in der Bibliothek", grüßte sie der Bibliothekar, der hinter dem großen Tresen aus dunklem, glänzendem Holz saß. Direkt auf dem Tresen, in Lisas Richtung gedreht, befand sich ein Tablet.

Lisa war überrascht wie jung der Bibliothekar war, sie schätzte ihn auf vielleicht siebzehn oder achtzehn. Er hatte kurze, nachtschwarze Haare und er trug eine dünne, goldene Kette mit einem Skarabäus als Anhänger, die sich deutlich von seiner dunkleren Haut abhob.

"Mein Name ist Amir", stellte er sich vor, sobald sie näher traten und schenkte ihnen ein einladendes, freundliches Lächeln.

Lisa konnte jetzt ebenfalls sehen, dass sich hinter dem Tresen ein Schreibtisch befand, an dem er saß und vor ihm stand noch ein größerer Bildschirm. An Amirs rechter Seite des Tisches befand sich eine runde Metallplatte, die mit Symbolen ausgestattet war und von einigen Kreisen unterbrochen wurde, die alles in verschiedene Etagen zu unterteilen schien. Lisa bemerkte, dass es Stellen gab, die vollkommen blank waren und ihr Blick fiel dabei auf die weiße Kreide und das Wischtuch, das neben der Metallscheibe lag.

"Wie kann ich euch helfen?", fragte Amir. Dann bemerkte er, wie ihr Blick kurz zu dem Tablet schweifte und er grinste schief. "Das ist ein Übersetzer." Amir hob ein weiteres Tablett hoch, das neben seinem linken Ellbogen lag. Von hier konnte Lisa sehen, dass die Rückseite mit Symbolen übersät war. "Wenn jemand eine Sprache spricht die einer von uns nicht beherrscht, ist das hier der Mediator. Also, wie kann ich euch helfen?"

Lisa sah Merla an, die neben sie trat und Amir eine Liste mit gesuchten Büchern reichte.

"Wir suchen nach Büchern zur Geschichte", sagte sie. "Wo können wir sie finden?"

"Ihr kennt die Regeln, wenn ihr mich nach etwas fragt?", wollte Amir beiläufig wissen, während er die Liste überflog.

"Lisa ist neu", erklärte Merla und Amir sah überrascht auf, ehe er grinste.

"Dann erkläre ich kurz, warum ich häufig hier am Empfang sitze. Von allen Bibliothekaren dürfte man mich am öftesten sehen", sagte er und reichte Merla die Liste zurück. "Meine Mutter war eine Sphinx und ich habe genug ihrer Magie geerbt, dass du ein Rätsel lösen oder es bis zu ende anhören musst, wenn du Informationen von mir willst. Wenn nicht, versteckt meine Art von Magie was du suchst."

Er hielt kurz inne. "Oder du suchst es ohne mich zu fragen, es gibt noch andere Bibliothekare, ihr könnt euch nach einem von denen umsehen. So weit ich weiß, dürfte sich in jeder Etage derzeit jemand aufhalten. Ihr erkennt sie daran, dass sie eine Kette mit einem Symbol-Stein tragen."

Lisa schwieg einen Moment lang, ehe sie beschloss, es einfach zu versuchen. Sie war nicht besonders gut was Rätsel anging, doch sie kannte das eine oder andere, vielleicht fragte Amir ja nach einem von denen, die sie bereits gehört hatte.

"Versuchen wir es", sagte sie. Amir grinste und seine dunkelbraunen Augen leuchteten erfreut auf.

"Also gut: Wann gehen U-Boote unter?", fragte er und lehnte sich etwas in seinem Stuhl nach vorne.

Lisa starrte ihn einen langen Moment lang verdutzt an, während Merla still neben ihr abwartete. Lisa warf ihr einen kurzen Blick zu und Merlas Gesicht sagte ihr, dass das wohl nicht ungewöhnlich war. Amir schien häufiger solche Fragen zu stellen.

"Ich weiß es nicht", gab Lisa schließlich mit leiser Nervosität zu.

"Am Tag der offenen Tür!", löste Amir das Rätsel auf, das in Lisas Augen nicht wirklich ein Rätsel gewesen war. Er grinste abwartend und als Lisa schwach lächelte, räusperte er sich.

"Entschuldige", murmelte er und deutete dann auf die Wendeltreppe.
"Ihr müsst drei Stockwerke nach unten. Geschichte ist die letzte Etage,
die Besucher betreten dürfen. Regal 35 sollte das meiste von dem was
ihr sucht haben, solange niemand die Bücher gerade liest. Fragt einen
dortigen Bibliothekare, falls ihr etwas nicht finden könnt."
"Moment, ich habe das Rätsel doch nicht gelöst", sagte Lisa, erneut
überrascht und überrumpelt.
Amir zuckte mit einem schiefen, verlegenen Lächeln mit der Schulter.
"Wie gesagt, du musstest das Rätsel beantworten oder zu Ende anhören,
was du getan hast. Meine Magie ist nicht so streng wie die meiner
Mutter es war. Wenn ihr noch etwas braucht, wisst ihr wo ihr mich
finden könnt."
Merla ging mit einem Nicken los und Lisa folgte ihr rasch, wobei sie
einen Blick über ihre Schulter zurück warf. Amir wandte sich gerade
wieder dem Bildschirm zu, der sich vor ihm befand, da gingen zwei der
Türen ihm gegenüber auf und er hob erneut den Blick.
Eine Hexe und ein Hexer traten separat ein und eilten geschäftig weiter,
ohne inne zu halten. Sie schienen die Bibliothek bereits zu kennen.
Lisa folgte Merla die Wendeltreppe nach unten und bemerkte bei jeder
Etage, dass sie das Ende des Raumes nicht sehen konnte. Abgesehen von
der Eingangshalle war der Boden bei den Regalen auch nicht mehr aus
hellem Stein, sondern aus warmen Holz, das an einigen Stellen schon
etwas abgelaufen erschien. Trotz dem das Lisa keine Fenster sehen
konnte, gab es viele Lampen, die alle Etagen gut und deutlich erhellten.
"Da wären wir", sagte Merla, sobald sie ankamen. Die Wendeltreppe
ging zwar noch weiter, doch ab hier war eine Kette gespannt,
zusammen mit einem Schild, das Unbefugten den Zutritt nicht erlaubte.
Lisa war sich sehr sicher, dass der Bereich auch noch mit Magie
geschützt war.

Es wäre zumindest nicht überraschend, es gab bestimmt einige Leute, die gerne ihr Glück auf die Probe stellten oder Grenzen überschritten und Regeln ignorierten.

Sie bemerkte auch eine laminierte Tafel zwischen der Treppe und der Tür des Fahrstuhls und sah, dass alle Sprachen dort aufgelistet waren, in welche die Bücher übersetzt und ab welchen Regalreihen sie zu finden waren. Direkt daneben befand sich ein mannshoher Spiegel, in dessen dicken Metallrahmen Symbole graviert waren. Für einen Moment wünschte Lisa, sie könnte sie verstehen und sie nahm sich vor Merla zu fragen, ob diese ihr den Prozess hinter den Symbolen genauer erklären konnte.

"Der Spiegel ist für die Bibliothekare", sagte Merla, die ihren Blick bemerkte und nickte dann zu den Büchern. "Hier lang."

"Wie groß ist die Bibliothek?", fragte Lisa, während sie an Regalen vorbei gingen. Lampen erhellten alles und egal wie sehr sie sich umsah, sie konnte auch hier nicht ein Fenster oder eine Wand irgendwo erkennen.

"Riesig", sagte Merla. "Es gibt Bereiche der Bibliothek, an die bringen dich die Bibliothekare sogar per Spiegelportal oder sie bringen die Bücher zu dir, weil es ansonsten zu lange dauern würde sie zu erreichen. Manche Sprachen zum Beispiel sind so weit entfernt, dass man sie ohne Portal nicht in einem günstigen Zeitrahmen erreichen könnte."

Merla machte eine Geste, die alles umfasste. "Dieser ganze Ort hier, hat eine eigene Insel, genauso wie der Rat, der jedoch woanders seinen Sitz hat. Wir haben unsere wichtigsten Stützpunkte nicht bei Städten erbaut oder in der Nähe von welchen. Je abgeschotteter die magische Welt ist, desto besser."

Lisa ließ den Blick über die Bücher schweifen an denen sie vorbei gingen und Merla hielt inne.

"Hier ist es", sagte sie und musterte die Buchrücken vor ihnen.

"Wie viele Stockwerke gibt es?", fragte Lisa, während sie sich umsah.

Die Bücher sahen fast alle tadellos erhalten aus und es war kein Körnchen Staub zu sehen. Der Boden und die Regale bestanden aus robustem, glattgeschliffenem Holz und es gab genug Lampen, um helles, angenehmes Licht zu verbreiten.

Es lag ein Geruch nach Papier und Tinte in der Luft, vermischt mit Holzpolitur und vielleicht auch einer Note nach Klebstoff, so als wäre ein Buch in der Nähe neuerdings repariert worden.

"Jeder Bereich der Magie hat ein eigenes Stockwerk." Merla dachte kurz nach. "Ich weiß ehrlich gesagt nicht genau wie viele Stockwerke es insgesamt gibt, ich glaube zehn von ihnen liegen oberirdisch und der Rest unterirdisch." Sie hielt inne. "Ich weiß natürlich auch nicht, wie viele Stockwerke die Bibliothek hinter den Kulissen selbst hat, zur Erhaltung von Büchern, zur Übersetzung oder für alte Schriften, die sie dort aufbewahren, damit sie nicht zerfallen. Dann sind da noch zwei Stockwerke, die du nur mit Erlaubnis betreten darfst, für das erlernen von Blutmagie und Nekromantie. Du findest zwar Informationen zu Beidem in anderen Stockwerken, doch das sind dann keine Handbücher oder Erklärungen der Anwendung. Ah, hier sind sie."

Sie zog drei Bücher aus verschiedenen Bereichen der Regale und fotografierte nacheinander die Buchtitel.

"Das hier wären die Bücher, die du lesen solltest, wenn du mehr über die Geschichte erfahren willst. Zu jeder Epoche gibt es hier natürlich auch detaillierte Bücher, Reiseberichte und dergleichen. Wenn du die Bücher nicht selbst kaufen willst, kannst du diese Titel jederzeit lesen, wenn du hier bist. Sollte jemand anderes die Bücher gerade haben, frag einen Bibliothekar, die haben für gewöhnlich weitere Exemplare die sie dir geben können. Du kannst nur keine Bücher aus der Bibliothek ausleihen oder entfernen."

Merla warf ihr einen ernsten Blick zu. "Die Besitzerin und Hüterin der Bibliothek weiß sofort, wenn etwas entwendet wird und ihren Zorn will niemand auf sich ziehen."

"Verstanden", sagte Lisa. Sie hatte sowieso nicht vor ein Buch zu stehlen. Ihr Handy gab ein Piepen von sich, als Merla ihr die Fotos mit den Buchtiteln schickte. "Wo bekomme ich die Bücher her?"

"Ich schicke dir später ein paar Links für Onlineshops und Adressen von Läden in der Stadt", sagte Merla, ehe sie inne hielt. "Willst du in die Bücher gleich etwas hineinlesen, oder wollen wir uns die anderen Stockwerke ansehen, wenn wir schon einmal hier sind?"

Lisa lächelte unwillkürlich und richtete sich etwas auf. "Ich will mehr sehen."

Merla nickte und stellte die Bücher zurück, bevor ihre Lehrerin sie durch die Bibliothek führte, soweit sie sich auskannte. Sie verbrachten einige Zeit damit, Regale entlang zu schreiten, die Wendeltreppe nach oben oder unten zu laufen und Leuten auszuweichen, die sich in anderen Teilen der Bibliothek aufhielten oder selbst nach Büchern suchten. Manchmal konnte Lisa sogar ein paar Hexen sehen, die bei den Regalen auf Boden saßen und sich über Bücher beugten, währen sie rasch ein paar Passagen abschrieben oder etwas nachzulesen schienen.

Merla führte sie auch bis ganz nach oben zur Lesehalle, wo sie zum ersten Mal Fenster sah und eine normale, breite Treppe vom letzten Stockwerk hier herauf zu dem riesigen Kuppeldach führte, unter dem sich unzählige Tische und Stühle sammelten.

Hier war der Boden wieder aus hellem Stein und es gab Säulen, die sich zwischen den Fenstern an den Wänden und im Raum verteilt nach oben erhoben und das Kuppeldach zu stützen schienen.

Lisa war sich sicher, dass die Hälfte der Tische bereits besetzt waren. Es waren so viele Hexen und Hexer zu sehen, Kinder und Jugendliche, Erwachsene und bereits ergrauende oder alte Hexen, die sich mit ihren weißen Häuptern über die Bücher beugten oder mit Freunden unterhaltend etwas heraus suchten.

Lisa konnte nicht sehen, was jenseits der Fenster lag, die Glasscheiben waren aus Kathedralglas und ließen nur verzerrt das Blau des Himmels erkennen.

"Wie kann der Rat sich das alles nur leisten?", fragte Lisa unwillkürlich. "Wenn allein schon die Bibliothek auf einer Insel steht."

Merla lächelte kurz. "Hexen und Hexer gibt es schon so lange, wie Menschen wandeln. Es gibt viele, die über die Generationen oder Jahre reich geworden sind. Es gibt auch wohlhabende Leute, die mit der magischen Welt in Verbindung stehen und vieles unterstützen, ganz zu schweigen von den magischen Wesen." Sie wurde wieder ernst. "Wir alle halten diese Welt zusammen."

Auf ihre Worte hin entstand für einen Moment Schweigen und Lisa fragte sich, wie weit die magische Welt sich erstreckte und was sie noch alles darüber lernen würde.

"Komm", sagte Merla dann und nickte zu der Treppe. "Wir waren schon lange genug hier. Du kannst jederzeit her kommen, du weißt jetzt ja, wie das Portal funktioniert."

So sehr Lisa sich auch auf die Bücher stürzen und alles lernen wollte, ihre Füße schmerzten ein wenig von all dem Laufen und sie bereute es, nicht so praktische Schuhe wie Merla zu tragen, die in ihren üblichen, festen Militärstiefeln unterwegs war.

Lisa folgte Merla zurück zur Eingangshalle und sie winkte kurz Amir zum Abschied zu, der überrascht aussah und dann mit einem erfreuten Lächeln zurück winkte.

Merla blieb vor einer der Türen stehen und Lisa sah den runden Ausschnitt, in den sie die Plakette einsetzen musste. Sie tat, was Merla ihr zuvor beigebracht hatte. Sie setzte die Plakette ein und verwendete ihre Magie.

Sobald sie die Tür öffnete, sah sie das vertraute Innere von Karas Hütte vor sich. Von Elias und Adisa war jedoch nichts mehr zu sehen. Wahrscheinlich hatten sie ihre Unterrichtsstunde bereits beendet. Lisa nahm die Plakette wieder heraus und trat mit Merla über die Schwelle. Ihre Lehrerin schloss die Tür und wandte sich ihr dann zu.

"Und, was denkst du von der Bibliothek?"

Lisa spürte, wie für einen Moment ihre Müdigkeit verflog und ihre Augen aufleuchteten. "Ich liebe sie."

~*~

Lisa beugte sich konzentriert über das Geschichtsbuch, wobei sie auf Runa acht gab, die sich schnurrend auf ihrem Schoß ausgestreckt hatte. Im Augenblick las Lisa über den Blutkrieg, ein Kampf der über einige Jahre angehalten hatte und letztendlich zu starker Einschränkung von Blutmagie geführt hatte. Das war kurz nach 1910 gewesen, ein paar Jahre nach dem der 'Anderswegen Krieg' sein Ende gefunden hatte.

Es hatte dabei ebenfalls zu weiterer Einschränkung der Nekromantie geführt, nach dem ein paar Hexer die Toten für ihre Zwecke verwendet hatten.

Der Autor des Buches bemäntelte wie schlimm der Blutkrieg gewesen war. Es wurden Menschenexperimente erwähnt und das gefährliche Ausmaß, das Blutmagie annehmen konnte, vor allem ohne Moral, Einschränkungen oder Gewissen.

"Das ging ganz schön übel zu", murmelte sie ernst und leise zu Runa und schob ein Lesezeichen zwischen die Seiten, ehe sie das Buch schloss. "Ich bin froh, dass sie das stoppen konnten."

Neben ihr stapelten sich noch ein paar andere Bücher, alles Exemplare die Merla in der Bibliothek heraus gesucht hatte, zusammen mit ein paar anderen die ihre Lehrerin empfiehl und die Lisa über ein paar der Onlinegeschäfte bestellt hatte.

Im Augenblick besaß sie drei Geschichtsbücher, einen dicken Wälzer über Pflanzen- und Pilzkunde, sowie Bücher über die Grundlagen der Magie, falls sie etwas nachlesen wollte. Sie hatte sich auch noch einen

Band über Symbole für Anfänger bestellt, genauso wie ein paar Artikel, die laut Merla zur Grundausstattung gehörten.

Zwar hatte Merla gesagt, dass Kara am Anfang alles zur Verfügung stellte, doch Lisa wollte Zuhause üben, soweit es ihr möglich war. Außerdem würde sie einiges früher oder später ohnehin brauchen, wenn sie nicht von Karas Freundlichkeit abhängig bleiben wollte.

Daher befanden sich im Augenblick zwei Kisten unter ihrem Bett, mit Mörser und Stößel, Aufbewahrungsbehälter für getrocknete Kräuter und Substanzen, sowie ein Buch mit blanken Seiten.

Das Buch, so sagte Merla, würde ihr Grimoire werden. Sie konnte dort alles aufschreiben das sie wollte, von Kräutern und Magieanwendung über Symbole bis zu dem Brauen von Tränken.

Den Rest wie Kristalle oder Wurzeln und andere Gegenstände, würde Lisa im Laufe der Zeit von selbst ansammeln, hatte Merla gemeint.

Einen Topf, wie jede Hexe ihn brauchte, musste Lisa wirklich nicht selbst kaufen, davon hatten sie ein paar in der Küche. Merla hatte gesagt, dass jeder Topf gut war, solange sich nichts ablöste, wie Farbe oder Chemikalien, das würde den Kräutersud oder die Tränke nur verderben oder gar vergiften.

Noch konnte sie das nicht in dem kleinen Arbeitszimmer aufbewahren, da sie erst noch die Regale aufbauen musste, die ein alter Freund ihres Vaters ihnen geschenkt hatte.

Lisa hatte sich die Webseiten für weitere Dinge die sie brauchen würde genau gemerkt oder abgespeichert, vor allem da die meisten nur über weiter gegebene Links zu betreten waren. Es gab auch Bereiche in manchen Online Läden, die Lisa gar nicht erst öffnen konnte, da ihr ein Code oder Ausweis fehlte, der sie qualifizierte. Sie vermutete, dass sie diese erst noch bekommen oder über Nachfrage erhalten würde.

Es war so faszinierend, was es alles zu entdecken gab. Es gab Webseiten, die hatten sich ausschließlich auf Bücher und alte Schriften spezialisiert, wieder andere waren Onlineläden für den alltäglichen Gebrauch, wo es alles von Kräutern über Räucherwerk bis zu Kristallen gab.

Es gab so viele Läden für so viele Dinge, Lisa musste zugeben, dass sie bei der Hälfte nicht einmal wirklich wusste, worum es sich handelte oder wofür sie es genau gebrauchen konnte.

Überhaupt lernte sie so viel neues und mit jeder weiteren Unterrichtsstunde bei Merla wurde es mehr. Lisa hatte den Eindruck, sie dachte kaum noch an etwas anderes als Magie.

Runa streckte sich in diesem Moment noch etwas mehr auf ihrem Schoß aus und Lisa sah mit einem Lächeln auf sie herab, während sie der Katze über den Kopf strich.

"Das ist alles so faszinierend", murmelte sie, während Runa schnurrend die Augen schloss. "Ich habe manchmal den Eindruck, ich komme kaum hinterher."

Runa öffnete ein Auge um sie anzusehen und schloss es wieder. Lisas Blick fiel wieder auf das Buch vor ihr.

Das Grimoire sowie die anderen Bücher über Magie waren außen am Einband in einer unteren Ecke mit Symbolen versehen. Lisa hatte ein bisschen gebraucht, bis sie ausgetüftelt hatte, wie sie die Bücher lesen konnte. Sie musste lediglich ein klein wenig Magie verwenden und schon füllten sich die vorher leeren Seiten mit Worten und an einigen Stellen auch Illustrationen.

Lisa hatte ebenfalls rasch gelernt, dass die Tinte nur so lange sichtbar blieb, wie das Buch offen war. Sobald sie es zuklappte, verschwand alles und sie musste erneut Magie hinein senden, um es lesen zu können.

Lisa beschloss, Merla später am Tag bei ihrer Unterrichtsstunde zu fragen, wie das mit den Büchern und Symbolen genau funktionierte.

Ein Blick auf die Uhr verriet ihr, dass sie sich bald fertig machen musste, wenn sie rechtzeitig für die Unterrichtsstunde ankommen wollte. Lisa klappte das Geschichtsbuch zu und legte es zurück auf den Stapel mit den anderen Büchern.

Vorsichtig verfrachtete sie Runa von ihrem Schoß auf ihr Bett, wo die Katze sich neben Kira zusammen rollte und dann weiter schlief.

Gerade als Lisa begann ihre Sachen zusammen zu suchen, gab ihr Handy ein kurzes Klingeln von sich. Überrascht sah sie nach und hielt inne, als sie sah, dass Anna sich gemeldet hatte. Ihre Freundin fragte, ob sie heute Zeit hatte und vorbei kommen konnte, ihr ging es nicht so gut und sie hätte gerne Gesellschaft.

Rasch suchte Lisa Merlas Nummer heraus, die sich zwischen den Handynummern verschiedener Bezirkshexen befand, die Lisa bei Problemen erreichen konnte. Sobald sie bei Merla anrief, hob diese einen Moment später ab.

"Es tut mir sehr leid, dass ich so knapp anrufe, doch können wir die Stunde heute ausfallen lassen?", fragte Lisa und Merla hielt kurz inne.

"Ja, das ist kein Problem. Wir sehen uns dann bei der nächsten Stunde. Ist alles in Ordnung?"

"Bei mir schon, meine Freundin braucht mich heute nur", sagte Lisa und steckte ihre Geldbörse ein.

"Gut. Melde dich, falls doch etwas sein sollte, ich dürfte die meiste Zeit des Tages problemlos erreichbar sein. Bis dann."

"Bis dann, Merla." Mit diesen Worten legte Lisa auf und polterte rasch die Treppe nach unten. Sie schnappte sich ihre Schlüssel und streifte ihre Schuhe über, ehe sie das Haus verließ.

Es dauerte nicht lange, bis sie bei Anna ankam und Ji-Woo, der ihr die Tür öffnete, war ebenfalls bereits dort.

"Was ist los?", fragte Lisa, sobald sie Annas Zimmer betrat, die auf dem Bett lag, ein wenig blasser als sonst. Sobald ihr Blick jedoch auf die Wärmflasche fiel, die sie sich gegen den Unterleib drückte, ging Lisa ein Licht auf und sie nickte verstehend.

"Filme-Tag?", fragte Ji-Woo der nach ihr eintrat und sich dem Regal von Anna zu wandte, in dem Filme und Bücher sich dicht gedrängt den Platz teilten.

"Gerne und danke, dass ihr gekommen seid", sagte Anna leise und mit einem kleinen, schwachen Lächeln.

"Klar doch." Lisa setzte sich auf den freien Platz links von Anna auf das Bett.

Anna wandte sich daraufhin Ji-Woo zu. "Willst du es Lisa sagen?", fragte sie und er hielt inne.

Dann grinste er kurz verlegen und wandte sich von den Filmen ab. "Ich habe jemanden kennen gelernt."

Lisa lehnte sich überrascht vor. "Wen? Wo?"

"Ihr Name ist Adhira, sie ist neu in dem Kampfkunstkurs wo ich als Lehr-Lehrer arbeite und sie ist vor kurzem in die Stadt gezogen. Wir haben uns die letzten Male unterhalten und gestern die Nummern getauscht." Sein Lächeln bekam etwas weiches und ein wenig verlegenes. "Ich mag sie."

Dann deutete Ji-Woo auf die Filme. "Also, was wollen wir ansehen?"

"Eine Serie", sagte Anna und hielt inne. "Mystery oder Fantasy, wenn möglich und wenn das okay ist."

Ji-Woo nickte und suchte eine Serie heraus.

Den restlichen Tag verbrachte Lisa bei Anna, während sie eine Folge nach der anderen ansahen, sich später Popcorn machten und am späten Nachmittag noch kurz etwas zusammen kochten.

Es war ein schöner Tag, entspannend und sie sprachen immer wieder miteinander, während Anna bis zum Abend hin weniger blass aussah.

Lisa verabschiedete sich zusammen mit Ji-Woo, sobald es zu spät wurde und Ji-Woo begleitete sie noch so weit er konnte, ehe er selbst abbiegen musste um rechtzeitig zum Abendessen bei seiner Familie zu sein.

Lisa war trotz ihrer beginnenden Müdigkeit gut gelaunt und sie summte während sie bei ihrem Zuhause ankam und ein warmer Wind über das Land strich.

Kapitel 5

Die nächsten Wochen vergingen ohne Schwierigkeiten. Merla wies Lisa immer mehr in die Magie ein und während der Rest des Sommer noch anhielt, suchte Lisa mit ihren Freunden zusammen immer wieder die Strände oder den Hafen auf.

Der leere, kleine Arbeitsraum in ihrem Zuhause war bald eingerichtet mit den Regalen und einem gebrauchten Schreibtisch, den jemand in der Nachbarschaft verschenkt hatte. Lisa stellte alles dort hin, was mit Magie zu tun hatte, abgesehen von dem Buch, das sie derzeit las.

So schwierig manche Lektionen von Merla inzwischen auch sein konnten, Lisa lernte immer mehr dazu und langsam aber beständig machte sie Fortschritte.

Selbst als Merla mit den Grundzügen der Elementarmagie begann, konnte Lisa mithalten. Merla, die bei diesen Unterrichtsstunden nahezu aufzugehen schien, gab zu das Elementarmagie ihr immer gelegen hatte und ihr neben dem Kämpfen am meisten Spaß bereitete.

Sie sagte Lisa, dass die meiste Kampfmagie sich nicht für die Stadt eignete und daher bis auf abgelegene Orte nur eingeschränkt verwendet werden konnte. Ihre Lehrerin meinte, dass das Kämpfen sich auch oft der Elementarmagie bediente.

Dennoch, obwohl soweit alles gut zu laufen schien, hatte Lisa an einigen Tagen ein merkwürdiges, ungutes Gefühl. Vielleicht lag es an den Momenten, in denen Merla sich unbeobachtet vorkam und ihr Gesicht grimmig oder ernst wurde. Vielleicht lag es an den leisen Gesprächen zwischen Kara und Merla, die Lisa nicht überhören konnte und nach denen die beiden Hexen sich immer aus den Weg gingen.

Vielleicht lag es auch an dem Sturm, der sich an das Ende des Sommers hängte und mit immer stärkeren Winden dunkle Wolken auf die Küste zu trieb, die sich schwer am Himmel sammelten. Der Wellengang wurde letztendlich so stark, dass die Boote nicht länger auslaufen durften.

Lisa hielt inne, als sie während einer Unterrichtsstunde ein dunkles, grollendes Donnern hörte. Sie sah von den verkohlten Zweigen vor ihr auf und aus dem Fenster der Hütte. Die Wolken hingen finster über der Küste und Lisa lauschte kurz, während das ferne Donnern ausklang.

Sie hörte Merlas Stimme einen Moment später, die kurz die Hütte verlassen hatte um zu telefonieren, jedoch waren ihre Worte nicht mehr als ein gedämpftes Murmeln.

Es schien allerdings ernst zu sein, so rasch wie Merla nach draußen getreten war. Lisa nahm ein paar Reste der verkohlten Zweige zwischen zwei Finger und konzentrierte sich. Sie nahm einen Teil ihrer Kraft und verwandelte sie in einen Funken, der auf die Zweige übersprang und sie entflammte.

Die oberen Enden begannen zu kokeln und kleine Flämmchen leckten über die letzten, noch brennbaren Reste. Lisa hielt ihre freie Hand darunter, damit die Asche nicht auf den Boden fiel.

Kurz darauf, als Lisa die Reste vom Tisch zu der Asche in ihrer Hand kehrte und in die Feuerstelle warf, kam Merla wieder herein.

"Ich muss los", sagte sie angespannt und ein wenig gehetzt. "Vermeide es in den nächsten Tagen nachts unterwegs zu sein."

Mit diesen Worten eilte sie auch schon aus der Hütte und ließ Lisa verwirrt, ein wenig erschrocken und besorgt zurück.

Mit ihrer Tasche über der Schulter trat auch Lisa aus der Hütte und schloss die Tür hinter sich. Dann bemerkte sie Kara, die mit einem ernsten Stirnrunzeln bei den Wagons stand und Lisa ging auf sie zu.

"Weißt du, was los ist?", fragte sie die Bezirkshexe.

Kara musterte sie kurz nachdenklich und eindringlich, ehe sie nickte.

"Ja, alle Bezirkshexen werden informiert wenn es Probleme gibt, die eine Gefahr in ihrem Bezirk darstellen könnten. Merla wird oft kurzzeitig vom Rat angeheuert, wenn etwas in der Nähe von den Bezirken passiert, wo sie wohnt."

Lisa runzelte besorgt die Stirn und ihr Herz schlug nervös schneller. "Ist es...was ist los?"

"Wers", sagte Kara. "Jaguare soweit wir wissen. Eine kleine Gruppe ist ziemlich wütend geworden, nach dem der Hexer der mit ihnen gelebt hat von ihnen weggeschickt wurde. Die meisten Wers haben keinen dauerhaften, langfristigen Kontakt zu Hexen. Ohne es vorher mit dem Rat abzusprechen und einen Eignungstest durchzuführen, dürfen sich Hexen auch nicht ihren Rudeln oder Familien anschließen."

Lisa sah sie überrascht an. "Warum?"

Kara neigte leicht den Kopf. "Wir Hexen verwenden Energie, wir erschaffen die Magie aus ihr und magische Wesen sind sehr empfänglich für diesen Fluss. Es ist ein leichtes für Hexen oder Hexer andere magische Wesen stärker zu machen, manchmal sogar bis zu dem Punkt, dass nur die mächtigsten Hexen ihnen gewachsen sind." Ihr Gesicht wurde ernst. "Doch es ist auch sehr gefährlich. Stell es dir vor wie mit einem Glas. Für gewöhnlich, ist es nicht ganz voll, da immer wieder daraus getrunken und bis zu einem gewissen Grad nachgefüllt wird. Doch wenn eine Hexe dazu kommt und anfängt mehr und mehr in das Glas zu gießen, schneller als getrunken werden kann, was passiert?"

"Es läuft über", sagte Lisa.

Kara nickte. "Bei magischen Wesen äußert sich das in verschiedenen Stufen, je nach dem wie viel Energie ihnen gegeben wird. Sie können diese nicht einfach weiter leiten wie wir und sie brauchen länger um wie wieder abzuarbeiten. Sie fangen an die Kontrolle über ihre Gefühle zu verlieren, werden impulsiv bis hin zur Rücksichtslosigkeit für alles und jeden. Wer über diesen Punkt hinaus geht und sie weiter mit Energie versorgt, kann sie sogar umbringen. Ihre Körper halten es nicht aus."

Kara holte kurz tiefer Luft. "Daher müssen sich die Wers und die Hexen die dauerhaft beieinander sein wollen, einer Prüfung des Rats unterziehen, der dann entscheidet ob sie zusammen leben können oder nicht. Viele Hexen geben unbewusst Energie weiter. Es leben häufig Pflanzen bei ihren Wohnorten besser und Menschen fühlen sich befreiter oder gestärkt wenn sie viel in Kontakt mit ihnen sind. Diese Energie ist es auch, was aufmerksame oder sensible Hexen häufig spüren, wenn sie auf Ihresgleichen treffen."

Lisa dachte unwillkürlich daran zurück, dass Merla ihr gesagt hatte, sie würde Leute abklopfen. Wie sie auch oft die Gefühle der Leute darin spüren konnte. Meinte Kara das, was Lisa gespürt hatte, als Kara von der Energie um andere gesprochen hatte?

"Und jetzt sind die Werjaguare hier?", fragte Lisa. "Warum? Ist ihr Hexer hier?"

"Ich weiß es nicht." Karas Stirnrunzeln wurde tiefer und bekam etwas leicht grimmiges. "Ich vermute jedoch, sie wollen den Rat aufmischen. Zeigen, dass sie sich nicht alles gefallen lassen." Kara presste kurz die Lippen zusammen. "Vor allem aber sind sie derzeit eine Gefahr, sie haben in den letzten Wochen zwei Bezirkshexen angegriffen. Der Rat will sie jetzt aufhalten und entweder einsperren oder sie anderweitig daran hindern, Schaden anzustellen. Ganz zu schweigen von den Zivilisten, die hier in der Stadt verletzt werden könnten, egal ob sie Hexen sind oder nicht."

Lisa rückte den Trageriemen ihrer Tasche unwohl zurecht und Kara warf ihr ein dünnes Lächeln zu, während sie einen leisen Schritt zurück machte.

"Versuche dir nicht zu viele Sorgen zu machen und überlass uns das. Dafür sind wir hier und Merla ist gut. Die Wers können sich nicht lange verstecken und wenn es zu problematisch oder gefährlich wird, schickt der Rat einen der Exekutives. Die können sich um alles kümmern, was wir nicht schaffen. Geh nach Hause, Merla wird dir Bescheid sagen, wenn alles wieder okay ist."

Mit diesen Worten wandte Kara sich um und Lisa sah ihr nach, wie sie im Wagon verschwand.

Nervös wandte sie sich um und ging mit raschen Schritten zu ihrem Auto. Lisa fühlte sich nicht beruhigt von dem, was Kara gesagt hatte. Sie kam sich eher verloren und unsicher vor.

Auf dem Weg nach Hause wanderten ihre Gedanken zu ihren Freunden und Lisa fragte sich, wie sie ihnen etwas zur Vorsicht raten und sie warnen konnte. Vor allem Ji-Woo war an vielen Abenden unterwegs und Lisa wollte nicht, dass ihm etwas passierte.

Auf der anderen Seite wusste sie nicht, was sie ihm sagen sollte. *Geh nicht raus, Werjaguare sind unterwegs*, klang nach einer Warnung, für die er sie besorgt ansehen oder wegen der er lachen würde.

Um Anna machte Lisa sich weniger Sorgen. Anna war ihr recht ähnlich mit dem, dass sie beide wenig Interesse an Clubs und dem Nachtleben der Stadt hatten und sie lieber Bücher lasen oder die Abende eingemummelt mit neuen Serien verbrachten.

Sobald Lisa Zuhause ankam, sorgte sie sich auch um ihren Vater. Der war an einigen Abenden ebenfalls unterwegs oder kam spät Heim, doch bei ihm wusste sie noch weniger was sie sagen sollte, als bei Ji-Woo.

Sie verfasste mehrere Nachrichten, die sie wieder löschte und stand mehrmals kurz davor ihre Freunde anzurufen, ehe sie ihr Handy wieder sinken ließ.

Schließlich schrieb Lisa ihnen eine kurze Nachricht, dass sie von ihrem Vater gehört hatte, dass die Straßen etwas unsicher waren und sie nachts nicht lange unterwegs sein sollten. Es war gelogen und selbst wenn es wahr wäre, hätte ihr Vater es nicht gut gefunden, wenn sie es weiter erzählt hätte. Wenn er es ihr überhaupt sagte. Lisa hatte immer wieder das Gefühl, dass er ihr Teile seiner Arbeit verschwieg um sie nicht zu beunruhigen.

Doch Lisa wusste nicht, was sie sonst tun sollte und als ihre Freunde versprachen vorsichtig zu sein, atmete sie etwas auf.

Wenn jeder aufpasste, dürfte hoffentlich nichts passieren, bis Merla sich um die Angelegenheit gekümmert hatte. Bei ihrem Vater konnte sie solche Aussagen nicht verwenden, das wusste sie. Er kannte sich zu gut aus mit dem, was auf den Straßen passierte.

Lisa biss sich leicht auf die Unterlippe und beschloss, trotz allem eine Möglichkeit zu finden, ihm zu sagen dass er vorsichtig sein sollte. Oder eher, noch vorsichtiger als er ohnehin schon war.

~*~

Selbst ein paar Tage später hatte Lisa es nicht gänzlich geschafft, ihrem Vater zu vermitteln, dass etwas los war. Er hatte allerdings versprochen achtsam zu fahren und auf sich aufzupassen. Doch er musterte sie auch ein wenig besorgt und Lisa wusste, sie musste vorsichtig sein, wenn sie sich nicht zu auffällig verhalten wollte.

Merla selbst hatte Lisa nicht mehr gesehen. Ihre Unterrichtsstunden waren fürs erste abgesagt, wobei Merla ihr genügend Aufgaben gegeben hatte, damit Lisa beschäftigt war und ihren Umgang mit Magie weiter verbessern und verfeinern konnte.

Und obwohl Lisa nachts wirklich nicht unterwegs sein wollte, fand sie sich eines späten Abends vor einem Supermarkt wieder. Ihr Vater kam erst sehr spät heim und er hatte sie vor kurzem angerufen und gebeten, noch schnell einkaufen zu gehen.

Lisa beeilte sich damit und hibbelte leicht nervös und ungeduldig auf der Stelle, als sie an der Kasse in einer längeren Schlange warten musste.

Sobald sie ihre Einkäufe hatte, eilte Lisa zurück zu dem Auto. Sie schreckte kurz auf, als sie jemanden mit hoch gezogener Kapuze an der Seite des Supermarktes vorbei huschen sah. Lisa umklammerte die Tasche mit den Lebensmitteln unwillkürlich etwas fester. Ihr Herz schlug schneller und schloss eilig das Auto auf.

Erst als Lisa die Straße entlang fuhr, atmete sie auf und sobald sie wieder Zuhause war, entspannte sie sich erleichtert.

Lisa schwor sich, in nächster Zeit nicht mehr wenn es dunkel war einkaufen zu gehen. Sie würde alle Besorgungen weitaus früher erledigen.

Merla ließ den Unterricht noch eine weitere, halbe Woche lang ausfallen, ehe sie Lisa informierte, dass sie wieder Zeit hatte.

"Ich habe in der Stadt nichts weiter gefunden und niemand hat mehr etwas auffälliges gesehen", sagte Merla, als Lisa sie fragte, wie die Situation aussah.

Merlas Gesicht war ernst und sie sah müde aus, doch sie wirkte auch nicht mehr so angespannt wie zuvor und sie trug wieder eine ihrer übergroßen Jacken. "Meine Vermutung ist, dass sie nur ein paar Tage hier waren, ehe sie weiter gezogen sind. Die Wers suchen wahrscheinlich nach ihrem Hexer und stellen unterwegs Schaden an wenn sie können, um dem Rat zu zeigen, wie wütend sie sind."

Lisa runzelte besorgt die Stirn. "Hier wurde niemand außer den beiden Bezirkshexen angegriffen?"

"Niemand, von dem wir etwas mitbekommen haben", sagte Merla nach einem Moment des Nachdenkens. "Es ist bisher auch niemand verwandelt worden, da sind sie noch achtsam und respektvoll genug. Jemanden gegen seinen Willen zu etwas anderem zu machen, ist selbst unter den Wers seit dem Krieg zu einen Tabu geworden."

"Gibt es eine Möglichkeit heraus zu finden, wo sie hin sind?"

Merla schüttelte bedauernd und mit kurz zusammen gepressten Lippen den Kopf. "Wenn einer von uns sie gesehen hätte, oder wenn wir Haare oder dergleichen hätten, könnten wir oder andere sie verfolgen. So haben wir im Augenblick nur das Bild der Anführerin und von zwei weiteren Mitgliedern ihres Rudels. Einer von uns wird sie darüber finden. Wir können fürs erste nicht mehr tun, als alle umliegenden

Dörfer, Kleinstädte und Städte zu informieren. Andere Wers wissen ebenfalls Bescheid und halten ein Auge offen."

Lisa schluckte und nickte verstehend. Im Stillen hoffte sie, dass die Wers bald erwischt wurden und zur gleichen Zeit fühlte sie sich erleichtert. Ihr Zuhause und die Menschen die sie liebte waren sicher. So sicher wie es eben möglich war.

Merla führte ihr Stunde dort weiter, wo sie das letzte Mal aufgehört hatten. Sie wies Lisa weiter in Elementarmagie ein und Lisa gelang es, sich vollständig darauf zu konzentrieren, Wasser in eine von ihr bestimmte Richtung fließen zu lassen oder es aus einem feuchten Schwamm zu ziehen.

"Welche Magie ist eigentlich die schwerste?", fragte Lisa, sobald die Stunde zu Ende war und sie zu den Autos gingen. Merla dachte einen Moment lang nach.

"Ich würde nicht sagen, das eine bestimmte Art der Magie die schwerste ist. Jedem fällt etwas leicht, was ein anderer als schwer empfindet, es ist von Mensch zu Mensch unterschiedlich. Doch am kompliziertesten finde ich persönlich Illusionen und Symbole. Beides braucht viel Aufmerksamkeit für Details. Bei Symbolen ist auch, je mehr du erreichen oder erschaffen willst, desto ausgefallener und feiner oder dergleichen wird es. Bei Illusionen kommt es zu allem anderen darauf an, dass du alle Sinne ansprichst und die Reize in der Umgebung, wie starke Gerüche oder laute Geräusche verschwinden und deinen Gegenüber glauben lassen kannst, dass, zum Beispiel, vor ihm eine Orange liegt anstatt einem Büschel Lavendel. In beiden Bereichen brauchst du immer mehr Schichten, je mehr du machen möchtest und du darfst nie den Überblick verlieren."

Lisa gab einen verstehenden Laut von sich. Einen Moment später erreichten sie die Autos und verabschiedeten sich, wobei Merla ihr versprach Bescheid zu geben, sollten die Wers zurück kehren.

Sobald Lisa Zuhause ankam klingelte ihr Handy und sie unterhielt sich mit Ji-Woo, der sie dann nach einem Augenblick der Stille fragte, ob sie Adhira kennen lernen wollte.

"Ihr geht jetzt miteinander aus?", fragte Lisa mit einem überraschten und erfreuten Lächeln. "Ich freue mich für dich!"

"Danke." Sie konnte Ji-Woo grinsen hören. "Was meinst du, wollen wir uns am Wochenende treffen? Es hat ein neues Restaurant mit lokalen Spezialitäten aufgemacht, das könnten wir ausprobieren und du könntest Adhira treffen. Anna hat schon zugesagt."

"Natürlich komme ich", sagte Lisa mit einem Lächeln. "Gib mir die Adresse und die Uhrzeit und ich bin da."

~*~

Das Wochenende kam rasch und Lisa ließ ihren Vater wissen, dass sie wahrscheinlich etwas länger weg bleiben würde, je nach dem wie das Essen verlaufen würde.

Ji-Woo hatte für den frühen Abend reserviert und so würde es noch für ein paar Stunden hell bleiben, ein Gedanke, den Lisa nach den vorherigen Sorgen über die Wers beruhigend fand.

Das Restaurant befand sich nicht weit von Ji-Woos Zuhause entfernt und sobald Lisa eintrat, sah sie ihre Freunde bereits an einem Ecktisch am Fenster sitzen.

Das Restaurant war hell und freundlich eingerichtet. Es roch nach den Speisen des Tages und die Holztische waren mit Stofftüchern bedeckt. Die Menükarten waren feste, im Lederlook gehaltene Bücher und Kerzen standen an den Tischen.

Adhira sah Lisa fast sofort, sie eine hübsche Inderin mit langen, schwarzen Haaren und einem freundlichen, amüsierten Lächeln, während sie Anna zuhörte.

Sobald Lisa näher trat, sah Ji-Woo auf und bedeutete ihr, sich auf den freien Stuhl zwischen Anna und seiner neuen Freundin zu setzen.
"Lisa, das ist Adhira, Adhira, Lisa", stellte er sie einander vor und Lisa streckte die Hand aus.
Adhiras Griff war warm und fest, ohne zu fest zu sein und sie warf Lisa ein kleines Lächeln zu.
"Es freut mich, dich kennen zu lernen", sagte sie.
"Freut mich ebenfalls," antwortete Lisa und bemerkte, wie Adhira dann über ihre Stoffserviette strich und leicht mit den Enden spielte. Sie war wahrscheinlich doch etwas nervöser als sie sich anmerken ließ.
Kurz darauf kam ein Kellner zu ihnen und nahm ihre Bestellungen entgegen.
Adhira war freundlich, wenn auch ein wenig zurück haltend, was Lisa nur zu gut verstehen konnte. Sie kannten sich nicht und Lisa und Anna selbst brauchten ein bisschen, bis sie wirklich auftauten. Ji-Woo wusste das und er sprang ein, wann immer Stille zu entstehen drohte.
Das Essen selbst war gut und sie alle stimmten zu, dass die Preise absolut in Ordnung waren und sie gerne wieder herkommen würden. Bis die Teller geleert waren, war die Stimmung unter ihnen schon entspannter und vertrauter und Adhira brachte Anna und Lisa mit einem gewitzten Spruch zum Lachen.
"Wir können ja noch ein Stück zusammen gehen", schlug Ji-Woo vor, sobald sie zahlten und das Restaurant wieder verließen.
Die Sonne stand inzwischen etwas tiefer und begann die ersten, langen Schatten entlang der Gebäude und Wege zu werfen. Lisa hatte drei Straßen von hier geparkt, da sie zu dem Zeitpunkt keinen anderen Parkplatz gefunden hatte. Sie bot Anna an, sie mit nach Hause zu fahren und Ji-Woo und Adhira begleiteten sie.
Aus dem Augenwinkel sah Lisa, wie Adhira Ji-Woos Hand nahm und er ihr ein warmes und überrascht erfreutes Lächeln zu warf.

Lisa tauschte ein wissendes, kleines Grinsen mit Anna. Sie beide freuten sich für Ji-Woo und Adhira war bisher freundlich und angenehm gewesen.

"Hier wäre eine Abkürzung", sagte Ji-Woo, als sie an einer Seitengasse vorbei kamen. Lisa hatte sie aufmerksam beäugt, falls ein Auto oder Motorrad heraus gefahren wäre.

Sie hielt inne und bedeutete Ji-Woo voran zu gehen, da er die Abkürzung im Gegensatz zu ihr kannte.

"Also", Adhira wandte sich Anna und Lisa zu. "Wie lange kennt ihr euch schon?"

"Wir haben uns in der Schule kennen gelernt", sagte Lisa.

"Ji-Woo hat damals noch bei uns in der Nähe gewohnt, bevor seine Familie umgezogen ist. Lisa wohnt inzwischen auch woanders", fügte Anna noch hinzu. "Und ihr?"

"Wir sind von Indien her gekommen als ich zehn war", erzählte Adhira. "Aber wir sind erst vor ein paar Monaten in die Stadt gezogen und Ji-Woo habe ich vor ein paar Wochen kennen gelernt."

"Das -" Ein deutliches, eigenartiges Geräusch unterbrach Ji-Woo und ließ sie alle aufsehen.

Lisas Herz machte einen Satz und mit einem Mal wurde ihr bewusst, dass die Seitengasse vollkommen ausgestorben war. Niemand würde sie hier bemerken. Die Wände der Gebäude rechts und links waren hoch und nur weiter oben mit kleineren Fenstern versehen. Die Ausgänge der Gasse zu den Straßen waren weit genug weg, dass es problematisch war. Bereis in der nächsten Sekunde erinnerte Lisa sich an die Wers und ihr Mund wurde trocken, während ihre Hände sich mit einem Mal kalt anfühlten.

"Raus hier", sagte sie, während sie mit kalten Fingern nach Annas Schulter haschte um sie weiter zu schieben. Ihre Stimme hörte sich in ihren Ohren brüchig an. "Wir sollten verschwinden."

"Nur die Ruhe." Ji-Woo sah sich aufmerksam um. "Es war nur Lärm, vielleicht war es ein streunendes Tier oder dergleichen. Kommt, es ist nicht mehr weit bis zu deinem Auto."

Ihre Freunde wandten sich wieder nach vorne und Lisa sah die Gestalt, die aus dem Eingang einer Hintertür heraus sprang zu spät. Sie schaffte es gerade noch einen panischen Laut auszustoßen, da stürzte Anna auf den Asphalt.

Eine junge Frau stand über ihr und dann passierte alles auf einmal. Lisa spürte einen Aufprall gegen ihre Schulter der sie zu Boden riss, Adhira wurde nieder geschlagen und Ji-Woo flog mit einem dunklen, harten Knallen gegen die rechte Wand der Gasse.

Lisa kämpfte sich auf die Füße, da packte jemand sie im Genick und sie spürte wie ihre Knie unter den Schmerzen nach gaben. Sie sank zurück auf den Asphalt und für einen langen Augenblick schaffte sie es nicht, Luft zu holen. Der schmerzhafte Druck an ihrem Nacken ließ etwas nach und sie wagte einen Blick hinter sich, während es in ihren Ohren rauschte.

Ein Mann stand dort, das Gesicht hart und verschlossen.

"Was..." Lisas Herz raste so schnell, sie glaubte, es würde jeden Moment heraus springen und ihre Stimme zitterte. "Bitte, lasst uns gehen."

"Lass sie los." Ji-Woos Stimme war gepresst und atemlos und er kämpfte sich ächzend auf die Füße. Eine weitere Frau war mit zwei Schritten bei ihm und trat ihm auf den Rücken, ehe er aufstehen konnte.

Lisa sog die Luft ein, als Ji-Woo zurück auf den Boden stürzte.

Zitternd atmete sie ein und zwang sich, kurz einen Blick zur Seite zu werfen. Insgesamt waren vier Fremde hier, zwei Frauen und zwei Männer, wobei der eine eher wie ein Teenager aussah und Adhira düster beäugte, die wieder zu sich kam.

"Das hier ist nichts persönliches", sagte die Frau bei Ji-Woo und ergriff nach dem Rücken seines Shirts.

Für einen kurzen Moment jedoch sah Lisa, wie ihr Gesicht etwas unsicheres und zögerliches annahm, ehe ihre Züge sich verhärteten und sie die Lippen zusammen presste. Dann zog sie Ji-Woo auf die Füße und hielt ihn ebenfalls am Nacken fest. Auf ein Nicken hin, passierte das selbe bei Anna und Adhira.

Lisas Blick begegnete Annas und sie sah die selbe Furcht, die sie gegen ihren Brustkasten hämmern spürte, während sie zittrig auf die Beine kam.

"Schnell, bevor uns jemand sieht." Die Frau sah ihre Begleiter eindringlich an. "Kommt."

Sie wandten sich alle um und Lisa sah einen unscheinbaren, weißen Lieferwagen mit dem Aufkleber einer Reinigungsfirma und offener Schiebetür am Ende der Gasse parken, ehe sie nach vorne geschoben wurde. Er hatte vorhin noch nicht dort gestanden und sie fragte sich, wie schnell die Wers waren, um zu halten und dann sofort bei ihnen zu sein.

Lisas Schritte waren unstet und sie warf ängstliche und nervöse Blicke zu ihren Freunden. Ji-Woo hatte den Kopf ein wenig gesengt, doch sie konnte sehen, wie angestrengt er nach dachte.

"Macht uns keine Probleme und euch passiert nichts", sagte die Frau nun an Lisa und ihre Freunde gewandt, ehe sie den Lieferwagen erreichte und die Seitentür weiter aufschob. "Wenn alles klappt wie geplant, seid ihr spätestens morgen oder übermorgen wieder in eurem normalen Leben zurück."

Der Mann ließ Lisas Nacken los und ergriff stattdessen ihr Shirt zwischen ihren Schulterblättern.

Lisa sah wie die anderen es bei ihren Freunden gleich taten und für einen Moment fragte sie sich, ob sie etwas mit Magie tun konnte. Ob sie schnell genug sein konnte, bevor die Wers reagierten. Noch wusste niemand, dass sie eine Hexe war.

Sie atmete leise ein und während Anna einen zittrigen Schritt in den Lieferwagen tat, begann sie Magie um ihre Hände zu sammeln.

Im nächsten Augenblick krachte etwas durch die Gasse, wie das Einschlagen eines Blitzes und die Luft schien zu knistern, während Lisa für einen Augenblick jede Orientierung verlor.

Der Boden schien unter ihren Füßen zu kippen und sie spürte wie sie zur Seite stolperte, wie Ji-Woo sie fest hielt, den Türrahmen des Autos ergriff und sie beide daran hinderte, auf den Asphalt zu stürzen.

Lisa wirbelte herum und sah Merla die Gasse hinab eilen. Ihr Gesicht war grimmig, wie ein düsterer Sturm, während die Wers wieder auf die Füße kamen.

Noch bevor die Erleichterung einsetzen konnte, hob Merla eine Hand und das selbe, gewitterartige Krachen wie zuvor setzte für einen Moment ein, wie ein scharfes Geräusch das sich über Lisas Ohren legte und die Luft zerschnitt.

Die Wers wurden erneut von den Füßen gerissen und Lisa packte Ji-Woo und Anna und zog sie mit sich zur Seite. Gerade als sie sich nach Adhira umsah, hörte sie plötzlich einen kurzen, schmerzerfüllten Schrei.

Für einen Moment schien alles in der Gasse zu gefrieren. Merla stoppte und die Luft um sie herum schien statisch still zu stehen. Einer der Wers, der Jugendliche, stand bei Adhira und hielt sie am Kragen hoch. Er hatte seine Zähne in ihrem Nacken versengt und knurrte, tief und grollend, ehe er die Zähne wieder aus ihrem Fleisch löste.

"Stop", sagte er, doch seine Stimme bebte und seine Finger umklammerten Adhiras Kragen und einen ihrer Arme so fest, dass seine Knöchel weiß wurden. Seine Augen waren weit aufgerissen.

"Keinen Schritt weiter. Lass uns gehen, oder ihr passiert etwas", grollte er.

Lisa spürte, wie Ji-Woos Griff an ihrem Arm fester wurde und er sie hinter sich schob.

"Lass sie los", sagte er, warnend und mit einem unterschwelligen Beben in der Stimme.

Der Blick des Wers schnellte zu Ji-Woo und noch in der selben Sekunde wusste Lisa, dass er damit einen Fehler gemacht hatte.

Merla reagierte blitzschnell und für den Bruchteil eines Augenblickes fühlte es sich an, als würde die Luft dicker werden, wie Wasser, ehe es aussah als würde Adhira ausrutschen und stürzen, während der Wer mit einem erneuten, gewitterartigen Geräusch nach hinten gerissen wurde. Er kam mit einem Knacken und harschen Knallen am Asphalt auf und blieb regungslos liegen. Ji-Woo stürzte nach vorne, während Adhira wieder auf die Beine kam. Sie hatte eine Hand auf ihren Nacken gepresst und Lisa sah erste Blutstropfen zwischen ihren Fingern hervor quellen. Merla trat rasch auf sie zu und für einen Moment schien sie nicht zu wissen, wie sie fortfahren sollte, ehe sie sich räusperte. Alle Blicke schnellten zu ihr.

"Lass mich das mal ansehen", sagte sie angespannt und gestikulierte zu Adhiras Nacken. Für einen langen Augenblick regte sich niemand und Lisa wusste, sie alle dachten an das, was Merla noch Sekunden zuvor getan hatte.

"Es ist okay", sagte Lisa und ihre Stimme klang wackelig und dünner als sie gedacht hatte. Ihr Herz raste immer noch in ihrer Brust und ihre Knie fühlten sich weich an. "Merla und ich kennen uns."

Ji-Woo sah zwischen ihnen hin und her und Lisa sah aus dem Augenwinkel, wie Widererkennung über Annas Gesicht huschte.

Adhira erlaubte Merla schließlich, einen Blick auf ihre Wunde zu werfen. Merlas Gesicht wurde noch ernster als zuvor und sie wandte sich allen zu.

"Kommt mit, das hier sollte sich ein Experte ansehen." Noch bevor jemand protestieren oder etwas sagen konnte, hob Merla beschwichtigend eine Hand. "Ich erkläre euch alles sobald sich jemand um diese Verletzung kümmert."

~*~

109

In Karas Wagon herrschte Stille, sobald die beiden Hexen alles erklärt hatten und Adhiras Wunde versorgt worden war. Kara konnte den Biss soweit heilen, dass nur leicht rote Abdrücke zurück blieben die, wie sie sagte, in ein paar Tagen verschwinden würden.

Inzwischen war die Nacht herein gebrochen und die Lampen erfüllten den Wagon mit warmen Licht, während draußen die Zikaden zirpten und leise das Rollen der Wellen zu hören war.

"Ich werde also zum Werjaguar?", fragte Adhira mit leiser, kleiner Stimme und sie legte eine Hand über den Bissabdruck.

Ji-Woo ergriff ihre freie Hand und sie verschränkte ihre Finger mit seinen. In Adhiras Augen stand sowohl Angst als auch ein letzter Rest von Unglaube, während Ji-Woo ernst und verschlossen die Brauen zusammen gezogen hatte. Anna war blass und still und Lisa konnte beim besten Willen nicht sagen, was durch ihren Kopf ging.

"Ja." Kara nickte und ihre Stimme hatte einen beruhigenden Tonfall angenommen. "Dir wird jedoch nichts passieren. Wir haben einige Möglichkeiten die Veränderungen schmerzfrei und so unkompliziert wie möglich zu machen. Außerdem, wenn du nach dem ersten vollen Monat als Wer entscheidest, du willst dieses Leben nicht, können wir das wieder rückgängig machen."

"Warum nicht gleich?", fragte Ji-Woo, während Adhira ein wenig die Schultern hoch zog und gegen ihn zu sacken schien.

Kara verzog bedauernd das Gesicht. "Das ist eine Regel des Rats. Jemanden in einen Menschen zurück zu verwandeln ist dann für immer, man kann nichts anderes mehr sein. Der Monat ist eine Probephase, in der alles ausprobiert werden kann und es gibt viele, die sich danach entscheiden, ein Wer zu bleiben."

"Werde ich Leute anfallen?", fragte Adhira leise und in ihren Augen standen jetzt sowohl Angst als auch Sorge. "Das will ich nicht. Ich will kein Monster sein."

Ji-Woo hielt ihre Hand etwas fester und sein Blick sprach Bände darüber, was er im Augenblick zurück hielt und dass er dachte, Adhira würde niemals jemanden grundlos angreifen.

Kara schüttelte den Kopf. "Früher, vor hundert oder zweihundert Jahren wäre das der Fall gewesen. Heute haben wir Möglichkeiten dir zu helfen in Kontrolle zu bleiben, bis du selbst die volle Kontrolle hast. Der Vollmond ist dadurch auch keine Bedrohung. Ich denke, das was am schwierigsten werden könnte, ist das Schärfen deiner Sinne. Dir wird vieles für eine Weile zu Laut sein, Gerüche sind zu stark und Dinge die dich vorher nicht gestört haben, werden dir vermehrt auffallen und du wirst auch mehr Kraft haben, doch daran gewöhnt sich der Körper am schnellsten. Du wirst für andere nicht gefährlich werden, das kann ich dir versprechen."

Adhira atmete zittrig tief durch und nickte dann langsam, ehe sie den Kopf schüttelte.

"Ich kann das nicht glauben", flüsterte sie rau. "Das alles klingt so verrückt."

"Kara kann euer Gedächtnis beeinflussen", warf Merla ein. "Deins in einem Monat, nach dem du Bedenkzeit hattest und das deiner Freunde jetzt gleich. Ihr müsst euch nie wieder hieran erinnern und könnt weiter machen wie bisher." Merla verzog leicht den Mund und es wirkte halb bitter und halb entschuldigend. "Normalerweise ist die magische Welt keine Bedrohung. Am allerwenigsten für Leute, die nichts damit zu tun haben."

Für einen Moment trat schwere, angespannte Stille ein, ehe Ji-Woo sich etwas aufrichtete.

"Warum wir?", fragte er und sah Kara und Merla mit zusammen gezogenen Brauen an. "Warum haben sie uns ausgesucht?"

"Ihr wart in der Gasse, es war sonst niemand dort und ich glaube, sie haben auf die erstbeste Gelegenheit gewartet um jemanden zu entführen, ohne dass es jemand mitbekommen hätte", antwortete

Merla. "Meine Vermutung ist, dass sie euch gegen den Hexer eintauschen wollten, der von ihnen weg geordert wurde. Sie waren ziemlich verzweifelt, alle Bemühungen und Verhandlungen ihn zurück zu bekommen sind vor ein paar Wochen ausgeschlagen worden, weshalb sie auf Gewalt zurück gefallen sind."

Als nach ein paar weiteren Sekunden der Stille niemand mehr etwas sagte oder fragte, wandte Kara sich Adhira zu.

"Komm, ich suche dir alles zusammen, was du für die nächste Zeit brauchst", sagte sie und nach einem kurzen Moment des Zögerns folgte Adhira ihr aus dem Wagon.

"Ich rufe den Rat und die Bezirkshexen an", sagte Merla und zog ihr Handy heraus, während sie sich der Wagontür zu wandte. "Sie müssen wissen was passiert ist und jemand muss die Wers abholen, die wir im Lieferwagen eingesperrt haben."

Lisa dachte unwillkürlich an die Symbole zurück, die Merla auf dem Wagen hinterlassen hatte und die verhindern würden, dass die Wers sich befreien konnten. Laut Merla passte auch derzeit ein Bezirkshexer auf den Wagen auf, bis jemand auftauchte, der sich um sie kümmern würde.

Dann war sie alleine mit Ji-Woo und Anna und Lisa öffnete den Mund, ehe sie inne hielt und ihn wieder schloss. Sie wusste nicht, was sie sagen sollte.

Es herrschte Stille und Lisa war kurz davor doch irgendetwas zu sagen oder zu gehen, da fuhr Ji-Woo sich über das Gesicht und atmete tief ein.

"Du musst mir Zeit geben, das alles richtig zu verarbeiten", sagte er an die Decke gewandt, ehe er Lisa ansah, ernst und immer noch mit zusammen gezogenen Brauen.

"Mir auch", erhob Anna zum ersten Mal mit leicht rauer Stimme das Wort. Sie hob eine Schulter in einer etwas hilflosen Geste. "Das ist alles ziemlich viel."

"Ich weiß." Lisa räusperte sich leicht. "Es tut mir leid, dass ihr das so erfahren habt."

Ji-Woo musterte sie kurz und wandte sich Lisa dann vollkommen zu. "Mir tut es auch leid." Auf ihren überraschen Gesichtsausdruck hin verzog er das Gesicht zu einem kleinen, humorlosen Lächeln, ehe er wieder ernst wurde. "Mir tut es leid, dass du das Gefühl hattest, du konntest es mir nicht sagen. Ich weiß, dass mir das alles noch eine Weile zu viel sein wird und ich weiß nicht wie viel ich von allem wissen will, doch...es tut mir leid, dass du gedacht hast, du kannst mir das nicht anvertrauen."

Anna nickte. "Mir auch. Ich weiß, ich habe bis heute gedacht, Magie gibt es nicht wirklich, doch ich will dass du weißt, das ich dir zugehört und es nicht gleich abgestritten hätte."

Lisa atmete auf und fühlte sich erleichterter als zuvor und etwas Anspannung fiel von ihr ab. "Danke, wirklich, das bedeutet mir eine Menge." Sie biss sich kurz auf die untere Lippe. "Werdet ihr euer Gedächtnis verändern lassen?"

Ji-Woo und Anna tauschten einen Blick und schüttelten dann gemeinsam den Kopf.

"Nein, ich will nicht, dass du wieder etwas vor mir verstecken musst", sagte Anna.

"Und selbst wenn Adhira in einem Monat kein Wer ist und sich an nichts mehr erinnert, du bleibst eine Hexe, nicht wahr? Ich will das nicht verpassen." Dieses Mal war Ji-Woos Lächeln echter, wenn auch blasser als normalerweise.

Lisa spürte eine weitere Welle der Erleichterung über sich hinweg schwappen und sie sackte gegen die Wagonwand hinter sich.

"Ich hätte auch etwas sagen können", sagte sie dann nach einem Moment des Durchatmens. "Ich wusste nur nicht wie." Sie schluckte. "Was heute passier ist...das tut mir leid."

Ji-Woo schüttelte den Kopf. "Was du uns sagst und was du für dich behältst, ist deine Entscheidung. Anna und ich sagen dir oder uns gegenseitig auch nicht alles von dem, was wir anstellen." Er wurde ernster. "Und das hier war ein mieser Zufall, so etwas hätte keiner von uns voraus ahnen können und selbst wenn wir von Magie gewusst hätten, hätte es uns wahrscheinlich auch nicht viel gegen diese Leute geholfen."

Stille breitete sich erneut aus, vertraut, wenn auch ein wenig angespannt, als sie sich alle für einen Moment an die Gasse erinnerten.

"Ich sollte meine Eltern anrufen", sagte Anna schließlich. "Ich habe gesagt, ich bleibe heute Abend nicht allzu lange weg."

Ji-Woo nickte und fuhr sich durch die schwarzen Haare. "Ich sehe nach Adhira, wir sollten unseren Eltern auch Bescheid sagen wo wir geblieben sind, denke ich."

Mit diesen Worten verließen sie gemeinsam den Wagon und Anna trat mit ihrem Handy zur Seite, während Ji-Woo zu dem zweiten Wagon ging und Lisa konnte Kara und Adhira durch die erleuchteten Fenster sehen.

Merla lehnte neben der Tür und Lisa blieb neben ihr stehen.

"Wie hast du uns gefunden?", fragte sie leise und Merla hob kurz humorlos einen Mundwinkel.

"Eine Hexe hatte mich auf ein Date eingeladen", sagte sie und gestikulierte kurz an sich herab. Es war das erste Mal, dass Lisa bemerkte, was sie anhatte.

Eine schwarze Hose zusammen mit einer hübschen Bluse und flachen, dunklen Schuhen. Merla trug ebenfalls Ohrringe und einen Armreif, sowie ein paar Klammern, die ihre Haare etwas zurück steckten. Allerdings hatte sie wie sonst auch auf Make-up verzichtet.

"Das Date ist nicht so gut gelaufen,", gab Merla zu und seufzte. "Ich bin früher gegangen und da bin ich an der Gasse vorbei gekommen."

"Das war dann wohl alles Glück im Unglück", murmelte Lisa. "Danke, ich...ich wusste nicht was ich tun sollte." Sie zog leicht die Schultern hoch. "Ich wusste nicht, was ich mit meiner Magie anstellen sollte. Ich habe zuerst nicht einmal daran gedacht."

"Das ist ganz normal", sagte Merla und Lisa sah sie überrascht an. "Du lernst Magie erst seit ein paar Wochen, da ist es selbstverständlich, dass du im Notfall nicht auf sie zurück greifst, da schlagen andere Reflexe und Verhaltensmuster durch."

Merla neigte etwas den Kopf zur Seite. "Ganz zu schweigen davon, dass ich dir nur die Verwendung von Magie beibringe, nicht wie du mit ihr kämpfst, das sind zwei verschiedene Bereiche."

Bevor Lisa noch etwas sagen konnte, ging die Tür des zweiten Wagons auf und Kara kam mit Adhira und Ji-Woo heraus.

Adhira trug eine große, braune Papiertüte mit sich und hielt sie mit den Armen umschlungen. Sie sah immer noch nervös und unsicher aus, wenn auch nicht mehr ängstlich und verschreckt.

"Du kannst jederzeit her kommen", sagte Kara. "Egal wann. Wenn irgendetwas ist, kann ich helfen. Oder du kannst mich anrufen."

Kara huschte rasch in ihren anderen Wagon und kam kurz darauf mit einem kleinen Stück Papier wieder zurück, das sie Adhira gab. Lisa bekam einen kurzen Blick darauf und sah, dass Karas Handynummer darauf stand.

Anna kam ebenfalls zu ihnen zurück und Merla richtete sich auf.

"Wenn ihr keine Fragen mehr habt, solltet ihr nach Hause gehen. Soll ich einen von euch mitnehmen?", fragte sie.

Ji-Woo und Anna schüttelten den Kopf.

"Wir fahren mit Lisa", sagte Anna und schob ihr Handy in die Hosentasche.

Von da an ging die Verabschiedung schnell.

Lisa sah, wie müde ihre Freunde und Adhira aussahen, sobald sie alle in dem Auto saßen. Die Anspannung des Tages schien sich jetzt erst langsam von ihnen zu lösen und Anna sackte auf dem Beifahrersitz zusammen, während Ji-Woo auf dem Rücksitz beruhigend die Hand seiner Freundin hielt.

Adhira hielt nachwievor die Papiertüte gegen ihren Oberkörper gepresst und sie sah jetzt wieder besorgter aus als vor ein paar Minuten.

Lisa fragte Adhira nach ihrer Adresse und sobald sie diese hatte, parkte sie aus. Sie brachte Adhira zuerst nach Hause, die sich mit leisen Worten von Ji-Woo verabschiedete, ehe sie weiter fuhr.

"Weiß dein Vater bescheid?", fragte Anna nach dem sie fast bei Ji-Woo waren.

Lisa presste kurz die Lippen aufeinander. "Nein", gab sie zu. "Es...das ist so schwer zu erklären. Ich würde es ihm gerne sagen, es ist nur..." Sie schüttelte den Kopf und bog ab. "Ich muss erst wissen wie und es vielleicht mit Kara abklären. Ihr müsst ja noch diesen Vertrag unterschreiben, das müsste mein Vater dann auch tun."

"Es ist ja nicht so, als würden wir unsere Seele verkaufen", sagte Ji-Woo, der seinen Kopf gegen das Fenster lehnte und die Augen schloss.

"Vielleicht solltest du ihn die Entscheidung selbst treffen lassen, ob er etwas wissen will oder nicht."

Lisa wusste nichts darauf zu sagen und sobald sie Ji-Woo nach Hause gefahren hatte, hielt sie kurz darauf vor Annas.

Anna hielt inne, eine Hand am Türgriff, ehe sie sich Lisa noch einmal zu wandte und dann kurz die Hand ausstreckte und ihre Schulter drückte.

"Wir sollten uns bald wieder treffen", sagte sie leise. "Und über alles sprechen. Ich habe immer noch eine Menge Fragen."

"Natürlich." Lisa warf ihr ein kurzes, etwas angespanntes Lächeln zu. Sie war einfach nur froh, dass ihre Freunde das weitaus besser aufgefasst hatten, als sie jemals gedacht hatte. "Ich sage euch alles, das ich weiß."

Anna nickte und stieg aus. "Komm gut nach Hause."

Lisa winkte ihr noch kurz zu, ehe sie sich auf den Heimweg machte. Die Fahrt war still und problemlos und ihr Vater war bereits Zuhause als Lisa ankam.

Da es jedoch ruhig blieb und kein Licht an war, ging sie davon aus, dass er schon schlafen gegangen war und sie nahm sich einen Moment, um durch zu atmen.

Sie hätte wissen müssen, dass Magie nicht einfach nur Frieden, Freude und Sonnenschein war. Lisa fuhr sich durch die Haare und schlich zu ihrem Zimmer hinauf.

Obwohl es spät war und sie sich hin legte, ließ der Schlaf auf sich warten. Unruhig wälzte sie sich hin und her und ihre Gedanken kreisten unaufhörlich um das, was geschehen war.

Sie hatte sich selten so hilflos und schwach gefühlt wie in diesem Moment. Lisa rollte sich auf den Rücken und starrte an die Decke hinauf, die sie durch das Licht der Straßenlaterne über sich in der Dunkelheit ausmachen konnte.

Lisa erinnerte sich an Merla, die gewusst hatte, was zu tun war, die mit ihrer Magie dafür gesorgt hatte, dass alles ein gutes Ende nehmen konnte. Sie selbst hatte nur starr da gestanden.

Lisa atmete langsam tief ein und ignorierte das enge Gefühl in ihrer Brust so gut sie konnte. Morgen, beschloss sie, würde sie Merla fragen, ob sie ihr das beibringen konnte. Sie würde nicht noch einmal so hilflos und nutzlos daneben stehen, während ihre Freunde und sie in Gefahr waren.

Lisa rollte sich zurück auf die Seite und schloss die Augen. Der Gedanke, mit Magie kämpfen zu lernen, war ein wenig beruhigend. Beruhigend genug um ihren Geist leiser werden zu lassen und den Schlaf einzuladen.

~*~

Umso verwirrter war Lisa, als sie den Eindruck hatte, kurz nach dem Einschlafen geweckt zu werden.

Stirnrunzelnd öffnete sie müde die Augen und sah zur Seite zu ihrem Wecker. Überrascht stellte sie fest, dass es knapp nach fünf Uhr war und es war ihr Handy, das sie weckte.

Runa schlief zusammen gerollt auf ihrem Bauch und Kira schlief gegen ihre Wange gepresst bei ihr auf dem Kopfkissen.

Lisa fischte ihr Handy von ihrem Nachtkästchen und warf einen Blick darauf. Sie hatte eine Nachricht von Merla bekommen. Lisa fragte sich unwillkürlich, was ihre Lehrerin so früh auf den Beinen machte.

Sie hielt das Handy vor sich und ehe sie antworten konnte, hielt sie inne. Der Vorfall in der Gasse hatte Lisa mehr erschrocken als sie zuerst gedacht hatte und sie wurde unglaublich nervös bei dem Gedanken, dass da noch mehr Wers unterwegs sein könnten, die zu der Gruppe gehörten.

Sie rief Merla an, bevor sie es sich anders überlegen konnte.

"Lisa, ist alles okay?", fragte Merla, die sofort abhob. "Ich dachte, du schläfst und liest meine Nachricht später."

"Ich..." Lisa atmete tief ein. "Ich möchte lernen, wie ich mich mit Magie verteidigen kann."

Für einen Moment herrschte überraschte und dann verständnisvolle Stille.

"Okay", sagte Merla. "Doch dafür ist es noch etwas früh, wir haben noch nicht einmal alle Grundlagen durch. Wie wäre es damit, ich zeige dir den Rest der wichtigsten Grundsteine der Magie und danach bringe ich dir bei, wie du dich mit Magie schützen und zurück schlagen kannst. Mehr erst einmal noch nicht, wir machen wir mit dem normalen Unterricht nebenbei weiter. Sobald du dann mehr beherrscht und wir die anderen Grundlagen abdecken, bringe ich dir weitere Angriffe und Verteidigungen bei. Klingt das gut für dich?"

"Ja." Lisa schloss die Augen und strich Runa über den Rücken, die ein überraschtes Geräusch von sich gab und dann begann zu schnurren.

"Lisa." Merlas Stimme war jetzt ein wenig gesengt und hatte einen beruhigenden Ton angenommen. "Die Wers sind bald kein Problem mehr. Wir wissen jetzt, wer der Rest der Wers sind und haben einen weiteren von ihnen bereits erwischt. Die anderen werden keine Probleme mehr bereiten, wenn sie wissen, was gut für sie ist. Ich kümmere mich darum, versprochen."

"Danke."

"Versuch noch ein wenig zu schlafen", sagte Merla.

"Merla." Bei Lisas zögerlicher Stimme hielt sie inne und Lisa fuhr fort. "Wie viele von den Werjaguaren sind da noch?"

Für einen kurzen Augenblick herrschte Stille und Lisa biss nervös auf ihre Unterlippe bevor Merla antwortete: "Wir suchen noch nach vier von ihnen, der Anführerin und drei Mitgliedern ihrer Familie." Ihre Stimme wurde dunkler. "Der Rat ist informiert und alle suchen nach ihnen, wir werden sie finden."

"Okay." Lisa atmete tief durch. "Danke. Bis später."

Kapitel 6

Merlas Vermutung, dass Lisa bis zum Winter einiges lernen würde, war eine gute Einschätzung. Während die Wochen vergingen und die Hitze des Sommers der Kühle des Herbstes wich, lernte Lisa mit Fleiß und einer Konzentration, die sie bisher nur selten für anderes aufgebracht hatte.

Die Blätter verfärbten sich und sie brütete über ihren Büchern und übte mit ihrer Magie, bis sie müde wurde.

Ji-Woo und Anna trafen sich wieder öfter mit ihr und fragten sie alles mögliche über die magische Welt oder halfen ihr sogar mit der einen oder anderen Übung. Adhira begann an einigen Nachmittagen mitzukommen und an einem Tag, als sie alle mit Jacken und Schals den Hafen besuchten und die Herbstsonne genossen, schnitt sie vorsichtig das Thema ihrer Verwandlung an.

"Der erste Monat war schon vor längerem vorbei", sagte sie, ein wenig nervös und sie leckte sich kurz über die Unterlippe. "Ich denke, ich...ich würde gerne ein Wer bleiben. Ich mache gute Fortschritte, Karas Mixturen helfen ungemein und es gibt einen Bären-Wer in der Stadt. Sie hat mir viel geholfen, mit meinen neuen Kräften zurecht zu kommen und würde mir weiter mehr beibringen."

"Das ist vollkommen okay." Ji-Woo ergriff sanft ihre Hand und verhinderte so, dass sie begann an einem Faden ihrer Jacke zu ziehen. Er warf ihr ein kleines, warmes Lächeln zu. "Solange du glücklich bist, ist dass das wichtigste. Außerdem, liebe ich dich so wie du bist."

Lisa wandte den Blick bei Adhiras überraschtem Gesichtsausdruck ab und sah, wie Anna ebenfalls begann die Umgebung zu mustern. Das war ein Moment, der nur Ji-Woo und Adhira gehörte und, so wie er im nächsten Moment verlegen eine Schulter hob, hatte Ji-Woo seine Liebeserklärung so auch nicht geplant.

Lisa blendete die beiden aus so gut sie konnte, bis sie sich wieder Anna und ihr zu wandten.

"Was meint ihr?", fragte Adhira.

"Ich sehe nicht, was daran falsch wäre", sagte Lisa mit einem schiefen Lächeln. "Solange es dir gut damit geht, ist alles in Ordnung, finde ich."

"Dito." Anna nickte und grinste dann kurz. "Außerdem, wer kann schon sagen, dass man außer einer Hexe auch noch einen Werjaguar kennt?"

Adhira lächelte jetzt selbst ein wenig und sie schien erleichtert. Die restliche Zeit, die sie zusammen verbrachten, war sie besser gelaunt und schien mehr Schwung in ihren Schritten zu haben.

Lisa bemerkte auch den langen Blick, den Anna dem *Seashells & Seashore* Laden zu warf, doch es hing ein großes 'Geschlossen' Schild davor und vor dem Schaufenster waren die Schalousien herunter gelassen.

Anna wandte sich wieder ab ohne etwas zu sagen und verwickelte stattdessen Adhira in ein Gespräch, wobei Lisa sah, wie für einen Moment Enttäuschung auf ihrem Gesicht zu sehen war.

Von diesem Tag an war auch Adhira immer wieder dabei, wenn Lisa in Gegenwart ihrer Freunde Magie übte.

Es wurde immer kälter, der erste Frost setzte ein und Blätter bedeckten den Boden, während die Bäume inzwischen größtenteils kahl wurden.

Merla war weiterhin geduldig und ermutigend und sobald der Schnee begann liegen zu bleiben und die Luft eisig den Atem zu nebligem Rauch werden ließ, erklärte sie, dass Lisa genug der wichtigsten Grundsteine der Magie gelernt hatte und beherrschte, um ihr ein Element des Kämpfens beizubringen.

Das war der Zeitpunkt, an dem sie sich für ihre erste Kampfstunde trafen.

Diese fanden nicht wie die anderen Lehrstunden in der Hütte sondern draußen statt. Der Schnee knirschte unter Lisas Schuhen, als sie vor Merla stehen blieb, die in dicke, kniehohe Stiefel, einen eleganten

Wintermantel und einen langen, schwarzen Schal gehüllt war, jedoch keine Handschuhe oder Mütze trug.

"Das erste, was ich dir beibringe ist das, was ich in der Gasse verwendet habe", sagte Merla. "Es ist ein Energiestoß. Hierbei ist wichtig, dass du deine Kraft nicht sofort in gewollte Bahnen lenkst, so wie ich es dir in vielen anderen Stunden beigebracht habe. Du sammelst sie für den Anfang bei dir zwischen deinen Händen."

Merla hob die Hände vor sich und konzentrierte sich. Bereits einen Moment später sah Lisa, was sie meinte. Die Luft zwischen ihren Fingern begann leicht zu flirren und zu wirbeln.

Merla wandte sich zur Seite und mit einer schnellen Bewegung, warf sie die Energie nach vorne. Es war das selbe, laute Gewittergrollen wie damals zu hören, das sich über Lisas Ohren zu legen schien und alles für eine Sekunde dumpf werden ließ.

Der Schnee vor ihnen stob auf und es blieb ein kraterförmiger Abdruck in dem wadentiefen weiß zurück.

"Manchen Hexen gelingt ein völlig lautloser Energiestoß, doch ich vermute, sie weben dabei eine zweite Schicht Magie dazu. Das spare ich mir für gewöhnlich. Wenn ich Energiestöße verwende, dann schnell und in Situationen, in denen mir die Zeit für etwas ausgefeilteres fehlt."

Merla wandte sich ihr wieder zu. "Sammel die Energie, wie du es schon gelernt hast."

Lisa hob die Hände und inzwischen ging es so fließend, so mühelos, dass sie ihre Magie ohne Zögern und Schwierigkeiten verwenden konnte. Sie spürte die Energie, die sanft zwischen ihren Fingern wogte, als sie ihre Kraft mit ein wenig Konzentration sammelte.

"Gut. Stell dir vor, du drückst sie zusammen und komprimierst sie. Je größer der Stoß werden soll, desto mehr Energie verwendest du dafür. Wir versuchen es erst einmal so weit, wie es dir gelingt."

Lisa runzelte konzentriert die Stirn und atmete tief und langsam durch, als sie begann die Energie zusammen zu pressen.

Sie spürte, wie die Magie sich veränderte, bevor sie das erste Flirren sah.
"Wenn du denkst du hast es, wirf die Energie und richte sie dabei gezielt in eine Richtung", sagte Merla.
Lisa wandte sich ebenfalls zur Seite, langsam und konzentriert, ehe sie rasch die Hände nach vorne ausstreckte.
Sie spürte, wie der Stoß begann, ehe die geballte Energie sich aufzulösen schien, als würde sie auseinander driften, und lediglich einige Flocken aufwirbelte, die träge und leicht vom Himmel trudelten.
"Was habe ich falsch gemacht?", fragte sie und Merla schob die Hände in die Taschen ihres Mantels.
"Das ist Gefühlssache, nicht viele schaffen so einen Stoß auf Anhieb. Versuch noch es noch einmal und lege auch noch etwas Energie hinter das Loslassen des Stoßes selbst, so als würdest du ihm Kraft für den Weg mitgeben."
"Okay." Lisa atmete tief ein und hob die Hände und konzentrierte sich erneut. "Okay..."
Lisa ließ sich dieses Mal ein wenig mehr Zeit dabei, die Energie zu sammeln und dieses Mal drückte sie die Energie mehr zusammen. Sie spürte jetzt auch, wie Druck sich aufbaute und sie konnte beinahe so etwas wie ein Knistern gegen ihre Handflächen spüren. Sobald sie los ließ, tat sie es mit mehr Wucht und Kraft als zuvor.
Der Schnee stob vor ihr auf und auch wenn es weniger und kleiner war als bei Merla, so war es Lisa doch gelungen. Sie grinste unwillkürlich und erleichtert und wandte sich Merla zu, die ihr ein stolzes Nicken zu warf.
"Sehr gut. Wir üben das weiter. Je schneller und einfacher es dir fällt das zu machen, desto besser." Zur Demonstration hob Merla eine Hand und streckte sie mit einer blitzschnellen Geste aus. Der Schnee wurde hoch geworfen und aufgewirbelt und dieses Mal waren die Spitzen des Grases in dem kleinen Krater zu sehen, während es um sie herum grollte. "Das hier ist unser Ziel in nächster Zeit, wenn du willst."
Lisa nickte entschlossen. "Ja."

"Okay. Weiter dann, mach das noch einmal."

Die restliche Zeit verbrachte Lisa damit, Energiestöße zu erschaffen, ehe sie zu müde und ihre Hände zu kalt wurden. Kara bot ihnen einen Tee zum aufwärmen an und Lisa nahm dankend eine Tasse entgegen, als die Bezirkshexe sie in ihren Wagon einlud.

"Habt ihr Neuigkeiten wegen der Werjaguare?", fragte Lisa, sobald sie am Tisch saß. Kara seufzte leise und Merla schüttelte den Kopf.

"Sie sind jedoch fürs erste nicht mehr in der Stadt", sagte Merla und ihr Gesicht wurde grimmig. "Dieses Mal weiß ich es mit Sicherheit. Ich habe ein paar andere Wers, die in der Stadt wohnen gefragt, ob sie sich umsehen können. Sie sagen, es riecht nirgendwo nach Fremden von Ihresgleichen und sie melden sich, sobald sie merken, dass sie wieder da sind."

Lisa atmete leise tiefer ein. "Okay. Nach wie vielen sucht ihr im Augenblick noch?"

"Der Anführerin und drei ihrer Wers. Sie waren eine überraschend große Gruppe für Werjaguare, die bleiben für gewöhnlich gerne eher für sich, wobei sie auch nicht solche Einzelgänger sind wie Werbären." Merla fuhr sich durch ihre schneefeuchten Haare und Lisa bemerkte, dass sie bei der Berührung trockneten.

"Wo denkt ihr, sind sie jetzt?", fragte Lisa, sobald sie ihre Aufmerksamkeit wieder auf die beiden Hexen vor sich lenkte.

Kara zog leicht die Brauen zusammen. "Alle Bezirkshexen in den umliegenden Städten und Orten halten die Augen offen und alle Wers, die gesagt haben sie helfen, suchen nach den Gerüchen der fremden Wers. Wenn sie wieder irgendwo auftauchen, finden wir sie."

Stille breitete sich im Wagon aus, ehe Kara ihre Tasse leerte und sich mit leisen Worten entschuldigte.

Mit einem Mal richtete Merla sich auf.

"Das habe ich ganz vergessen dir zu sagen: Übe nicht Zuhause. Energiestöße können einiges anrichten, wenn du nicht aufpasst. Glas

geht dabei am schnellsten zu Bruch oder du könntest Möbel umwerfen."
Sie warf einen kurzen Blick nach draußen zum Fenster. "Komm besser
hier her zum üben. Solange wir die Hütte nicht benutzen, können wir an
anderen Tagen hier sein und kommen Adisa und seinem Schüler dabei
nicht in die Quere. Wäre das okay für dich?"
"Ja, das passt", sagte Lisa und leerte ihre Tasse ebenfalls. Dann warf sie
einen kurzen Blick zum Fenster. "Ist mit Kara alles in Ordnung?"
Merla seufzte leise, ehe sie Lisas leere Tasse nahm und mit ihrer eigenen
kurz in der Spüle auswusch. Sie stellte die Tassen auf die Abtropfablage
und wandte sich dann wieder Lisa zu.
"Manchmal sind ihr die Emotionen anderer Leute zu viel und ich bin an
manchen Tagen auch nicht leicht für ihre Gabe." Sie streifte wieder ihren
Mantel über. "Komm, wir sollten gehen."
Lisa zog sich ebenfalls an und zögerte, ehe sie Merla einen Seitenblick zu
warf. Bisher hatte sie nie gefragt, was ihre Lehrerin damit meinte, wenn
sie so von sich sprach. Wenn Lisa so darüber nach dachte, wusste sie
überhaupt überraschend wenig über Merla, obwohl sie schon seit ein
paar Monaten von ihr unterrichtet wurde.
Lisa atmete leise ein und wagte es zu fragen. Sie hoffte wirklich, dass sie
damit kein Fettnäpfchen traf oder eine unsichtbare Grenze überschritt.
"Was meinst du damit? Wieso ist es für Kara schwer mit dir?", fragte sie
und sie hielt für einen Augenblick unwillkürlich die Luft an, als Merla
neben ihr inne hielt und für eine Sekunde fast zu erstarren schien.
Dann zog Merla den Reißverschluss zu und schob die Hände in ihre
Manteltaschen. Ihr Blick war zurückhaltend und verschlossen, doch ihr
Gesicht war sehr viel ernster als zuvor. Lisa könnte schwören, dass sie
noch etwas anderes sehen konnte. Schmerz oder Trauer vielleicht.
"Das ist eine lange Geschichte", sagte Merla und öffnete die Wagontür.
"Ich erzähle sie dir ein andermal vielleicht."
Lisa hatte eine Ahnung, dass Merla das auch beim nächsten Mal
wahrscheinlich sagen würde. Sie musste es auch nicht erzählen. Merlas

Vergangenheit war ihre eigene und wenn sie etwas preisgeben wollte, würde Lisa ihr zu hören, wenn nicht, war das auch ihre Entscheidung. Lisa folgte ihr nach draußen und winkte noch kurz Kara zu, die vom Eingang ihres ersten Gewächshauses aufsah. Die Bezirkshexe winkte kurz zurück, ehe sie im Gewächshaus verschwand.

Merla verabschiedete sich mit einem knappen Nicken und sie wünschte Lisa eine sichere Heimfahrt.

Die Straßen waren von Schnee frei geräumt und gesalzt und Lisa kam ohne Schwierigkeiten Zuhause an, auch wenn sie bei dem Wetter langsamer fuhr als zuvor.

Sie kümmerte sich um ihre Katzen und sah dann nach den Kräutern, die sie auf dem Fensterbrett in ihrem Zimmer und ihrem Arbeitszimmer im Herbst angepflanzt hatte. Sie wirkten, als wären sie ein wenig gewachsen. Lisa beschloss, Kara zu fragen, ob es Pflanzen gab die sie während des Winters anpflanzen konnte, oder ob sie damit bis zum Frühling warten sollte.

Danach setzte sie sich mit einem Lehrbuch der Magie in das Wohnzimmer und hatte innerhalb kürzester Zeit zwei Katzen um sich, die über das Sofa fegten, sich gegenseitig ansprangen und über ihre Füße hüpften, sobald Lisa mit ihren Zehen wackelte.

Sie spielte ein wenig mit Runa und Kira, bis die beiden jungen Katzen wieder ruhiger wurden und sie sich erneut ihrem Buch zu wandte.

~*~

Die nächsten Tage vergingen ähnlich und Lisa fuhr zu Kara um mit Merla die Energiestöße zu üben. Dabei sah sie immer wieder Adisa und Elias, die eintrafen und ihnen kurz zu winkten, ehe sie in der Hütte verschwanden.

Fast eineinhalb Wochen später befand Merla Lisa für gut genug, um mit der nächsten Lektion weiter zu machen.

"Schutzschilde sind als nächstes dran", sagte sie und wischte mit einer Hand kurz durch die Luft. Es war ein leichtes Flimmern für zu sehen, das beständig vor Merla hängen blieb und sie nickte Lisa zu. "Schick einen Stoß in meine Richtung."

Lisa zögerte kurz und tat dann was Merla ihr gesagt hatte.

Als sie die Energie los ließ war ein kleines, schwaches Grollen zu hören und einen Moment später konnte Lisa sehen, wie der Stoß mit Merlas Schild zusammen prallte. Die Luft flirrte und wogte wie knisterndes, leicht bläuliches Licht, ehe sich alles wieder beruhigte.

"Schilde schützen dich auf jeden Fall vor einem ersten Angriff. Je nach dem wie stark du bist, kannst du stärkere Schilde erschaffen die mehr oder größere Magie aufhalten können. Ist dein Gegenüber jedoch mächtiger oder geübter als du, nutze das Schild um den Angriff umzulenken." Merla machte einen Schritt zur Seite und bewegte dabei die Hand von sich weg. "Es ist einfacher der Energie des Gegners eine andere Richtung zu geben, oder sie an dir vorbei zu lassen, als sie komplett aufzuhalten."

Lisa erinnerte sich an die Übungsstunden mit Ji-Woo, der ihr und Anna Kniffe und ein paar Grundkampfzüge für Notfälle beigebracht hatte. Kampfkunst hatte ein ähnliches Prinzip, soweit sie es verstanden hatte.

"Ich verstehe", sagte Lisa und hielt dann inne. "Wie kann ich das tun, wenn ich die Angriffe nicht sehen kann?"

"Erinnerst du dich noch, wie du andere Menschen mit deiner Magie abgetastet hast?", fragte Merla und Lisa nickte. "So funktioniert es. Es ist wie ein sechster Sinn, der im Laufe der Zeit immer schärfer wird. Nur konzentrierst du ihn nicht auf Menschen, sondern die Energie um dich herum. Du wirst es merken, wenn etwas passiert oder jemand dich angreift. Je schnell du darauf reagieren kannst ist jedoch Übungssache."

Merla warf einen kurzen, kalkulierenden Blick über ihre Schulter hinüber zur Hütte. "Wir können Adisa und Elias fragen, wenn du möchtest. Sie können uns helfen wenn sie wollen und Elias wäre ein Trainingspartner für dich."

"Okay, klingt gut", stimmte Lisa nach einem zögerlichen Moment zu und sah ebenfalls zur Hütte hinüber.

"Ich frage sie, sobald sie fertig sind. Wir üben solange den Schild", sagte Merla. "Wie mit aller Magie, nimmst du deine Energie. Streck sie vor dir aus und forme eine Kuppel damit um dich herum. Wenn dir für den Anfang nur ein schwacher Schild gelingt, ist das ganz normal. Es ist auch okay, wenn du fürs erste nur einen Schild vor dir erschaffen kannst, als komplett um dich herum."

Lisa konzentrierte sich und obwohl sie Magie jetzt schon seit Monaten verwendete, war sowohl der Energiestoß als auch der Schild etwas anderes. Es war eine Herausforderung, der Energie eine Form auf eine Art und Weise zu geben, die Lisa noch nicht geübt hatte und diese Form dann auch noch aufrecht zu erhalten.

Lisa merkte nicht, wie die Zeit verging, während sie zuerst einen kleinen, wabbeligen Schild vor sich erschuf und dann, mit jedem weiteren Versuch, gelang es ihr ihn zu stärken und größer zu machen.

Erst als Merla sie inne halten ließ und kurz davon ging um mit Adisa zu sprechen, wurde Lisa bewusst wie ausgelaugt sie sich inzwischen fühlte und dass der Himmel begann über ihr dunkler zu werden. Trotz des sonnigen Tages den sie gehabt hatten, begannen wieder Wolken aufzuziehen und eine beständige, eisige Brise wehte mit zunehmender Stärke an der Küste entlang.

Merla kehrte kurz darauf mit schnellen, langen Schritten zurück und sie sah zufrieden aus.

"Elias hat zugestimmt. Er wird nach seiner Unterrichtsstunde in Zukunft noch etwas bleiben und mit uns zusammen üben. Adisa hat angeboten, dass er aufpassen kann, an den Tagen, an denen ich nicht da bin, wenn das für dich in Ordnung ist."

Lisa nickte, erleichtert über die Hilfe. "Absolut, danke."

"Gern geschehen." Merla strich sich ein paar windzerzauste Haare aus dem Gesicht und musterte Lisa dann aufmerksam. "Ich denke, wir sollten für heute aufhören, was meinst du?"

"Ja", seufzte Lisa. "Ich fühle mich inzwischen recht müde."

"Alles klar. Ich bin morgen noch hier, aber übermorgen habe ich einen Job, da würde dann Adisa aufpassen. Du kannst vorher schon alleine üben, es wäre nur eine schlechte Idee, wenn niemand da ist, wenn Elias und du miteinander trainiert. Nur für den Fall, dass etwas passiert. Energiestöße sind nicht auf die leichte Schulter zu nehmen." Merla warf einen Blick auf ihre Uhr. "Komm, wenn wir uns beeilen, können wir den Abendverkehr vermeiden."

~*~

Elias warf Lisa ein freundliches Lächeln zu, während er ein Stück vor ihr stehen blieb. Adisa und Merla standen an der Seite und sprachen leise miteinander, jedoch nicht ohne ihre Schüler aus dem Auge zu lassen.

"Ich bin bereit wenn du es bist", sagte Elias und hob die Hände. "Ich fange mit dem Schild an, einverstanden?"

"Okay." Lisa wartete, bis sie das leichte Flimmern sehen konnte, ehe sie einen Energiestoß erschuf und warf.

Es war ein leises Grollen zu hören, als der Stoß auf den Schild traf und es war kurz wieder das knisternde, blaue Licht zu sehen, ehe es sich verflüchtigte.

Lisa hielt kurz wartend inne und Elias warf ihr ein ermutigendes Grinsen zu.

"Mein Schild ist stark genug, du kannst ruhig mehr dagegen werfen, ich passe schon auf", sagte er und Lisa schluckte kurz unwillkürlich, ehe sie erneut die Hände hob.

Elias hielt Wort, sein Schild war stabil und sicher und Lisa bemerkte auch, wie er ein paar Energiestöße mit einem simplen Schritt einfach an der Seite seines Schildes abrutschen ließ und harmlos neben sich in den Schnee lenkte.

"Okay", erhob Merla schließlich das Wort und sah Lisa an. "Denkst du, du möchtest heute deinen eigenen Schild testen?"

Lisa zögerte einen Moment lang und nickte dann. "Ja, würde ich gerne."

Elias richtete sich auf und er sah sie jetzt ernster an als zuvor, sein Blick war ehrlich und direkt. "Du bestimmst, was passiert. Wie willst du es machen?"

"Langsam", sagte Lisa und befeuchtete kurz ihre Lippen. "Ich bin noch nicht sehr sicher mit meinem Schild."

"Klar." Elias warf ihr ein kleines, beruhigendes Lächeln zu. "Sag Bescheid, wenn ich anfangen kann."

Lisa atmete tief ein und versuchte so gut wie möglich die Nervosität zu ignorieren, die sich durch ihren Bauch rollte und wand und ihr Herz ein wenig schneller schlagen ließ.

Sie erschuf einen Schild und, um ganz sicher zu gehen, verstärkte ihn. "Okay." Sie sah Elias an. "Ich bin bereit."

Elias hob eine Hand und gab Lisa genug Zeit um zu sehen, was er tat. Sein Energiestoß traf seitlich ihren Schild und Lisa spürte es. Sie fühlte die Vibrationen, die durch den Schild liefen und dass er hielt. Vorsichtig fügte sie noch einmal etwas Energie hinzu, während Elias wartete.

"Noch einmal", sagte sie und Elias folgte ihren Worten.

Ihr Schild hielt und Lisa brauchte dieses Mal nichts zu sagen, sondern nur auffordernd zu nicken, damit Elias ihn erneut angriff.

"Ein wenig schneller", sagte Lisa, sobald sie sich sicherer und mutiger fühlte. Elias grinste kurz und warf dann aus dem Handgelenk einen Energiestoß nach ihr.

Sie übten das noch eine Weile und als Merla die Stunde beendete, hielt Lisas Schild immer noch, wobei sie ein paar Mal Energie hinein fließen ließ, damit er auch wirklich nicht einbrach.

"Sehr gut", sagte Merla und trat vor. "Vielen Dank für deine Hilfe, Elias."

"Gerne, das macht mir auch Spaß und ist eine gute Übung für etwas, das ich sonst nicht mache." Er schob die Hände in die Taschen seiner dicken Jacke. Dann sah er Lisa an. "Ich wollte auch fragen, ob es okay wäre, wenn du mir mit meinen Illusionen helfen würdest? Je realistischer und besser ich sie hinbekomme, desto besser."

Lisa hielt kurz überrascht inne und nickte dann. "Natürlich. Wann wolltest du das machen?"

Elias wippte kurz nachdenklich auf seinen Fußballen vor und zurück, ehe er aufsah.

"Wie wäre es am Wochenende? Hast du Samstag etwas vor?"

"Nein, der Tag ist frei", sagte Lisa. "Soll ich her kommen?"

"Hier passt." Elias warf einen kurzen Blick zu den Wagons. Lisa fiel auf, dass sie Kara seit ihrem letzten Gespräch bisher nicht mehr gesehen hatte. "Die Hütte ist dieses Wochenende noch frei, soweit ich weiß. Passt dir so zehn Uhr am Vormittag?"

Lisa nickte und Elias grinste erfreut, was Lisa selbst zum lächeln brachte bevor sie es bemerkte.

"Bis morgen dann", sagte er und streckte die Hand aus. "Es freut mich, mit dir zu üben."

Lisa ergriff sie und ihr Lächeln wurde etwas größer. "Gleichfalls."

Kapitel 7

Lisa schloss die Tür der Hütte hinter sich und streifte ihre Jacke ab. Elias hängte seine bereits über den Rücken seines Stuhles und bedeutete ihr dann, sich ihm gegenüber zu setzen. Auf einen Wink seiner Hand hin fing das Holz im Kamin Feuer und begann knisternd zu flackern.

"Ich würde sagen, wir fangen kleiner an, einverstanden?", fragte er, während er selbst Platz nahm.

"Okay." Lisa strich kurz nervös über ihre Knie und richtete sich dann etwas auf. "Was soll ich machen?"

Elias warf ihr ein beruhigendes Lächeln zu. "Ich möchte einfach nur wissen, wie real etwas aussieht oder sich vielleicht sogar anfühlt. Vorher jedoch noch zwei Dinge."

Er wurde ernst und sah sie eindringlich an. "Wenn du stoppen willst, egal wann, oder wenn etwas ist, sag Bescheid und wir hören entweder auf oder machen eine Pause, okay?" Als sie nickte schien er sich etwas zu entspannen. "Gut. Als letztes noch, gibt es irgendwelche Ängste die du lieber nicht sehen willst? Oder Phobien? So etwas wie Höhenangst oder Angst vor Spinnen oder dergleichen?"

Lisa dachte einen Moment lang nach und runzelte dann die Stirn.

"Autos", sagte sie und räusperte sich dann, während sie zur Seite sah.

"Keine plötzlich auftauchenden Autos." Sie verzog leicht das Gesicht.

"Und Wespen, das muss auch nicht sein."

"Okay." Elias Stimme war verständnisvoll und dann rollte er die Ärmel hoch. Lisa wandte sich ihm wieder zu. "Sollte dir noch etwas einfallen, lass es mich einfach wissen. Das selbe wenn dir eine Illusion merkwürdig vorkommt. Wollen wir anfangen?"

Lisa nickte und ein konzentrierter Ausdruck erschien auf Elias' Gesicht. Er atmete tief ein und langsam wieder aus. Hätte Lisa sich nicht darauf konzentriert, wäre ihr nie aufgefallen, wie die Luft sich leicht zu verändern schien, als Elias begann Magie zu verwenden.

Einen Moment später tappte ein Waschbär unter dem Tisch hervor und sah sich aufmerksam um. Seine Nase bebte ein wenig, als er hoch aufmerksam schnüffelte und Lisa mit dunklen Augen musterte.

Vorsichtig ging der Waschbär weiter, schlich hinter Elias' Stuhl entlang und dann auf die Tür der Hütte zu. Sie schwang auf und Lisa richtete sich etwas auf. Anstatt der Schneelandschaft konnte sie hier einen dichten, grünen Wald sehen, dessen Boden mit Blättern, Gras und kleinen Zweigen bedeckt war. Warmer Sonnenschein fiel in die Hütte und Vögel zwitscherten. Insekten summten und ein Geruch nach Holz und Waldblumen, vermischt mit Moos und warmer Erde wehte mit einer sanften Brise herein.

Dann, wie ein Bild das in Sand oder Rauch gemalt wurde, schien alles mit dem nächsten Windstoß davon geweht zu werden. Der Waschbär löste sich auf und anstelle des Waldes sah Lisa, dass die Tür der Hütte immer noch geschlossen war.

"Wie war das?", fragte Elias und Lisa wandte sich ihm wieder zu. Er hatte ein aufgeregtes und auch leicht nervöses Lächeln im Gesicht.

"Gut, sehr gut." Lisa lächelte zurück. Dann neigte sie leicht den Kopf und dachte nach. "Der Wald war vielleicht ein bisschen zu hellgrün für den Sommer", sagte sie schließlich. "Er sah aus wie im Frühling, außer das war es, was du wolltest."

Elias nickte langsam und grinste sie dann an. "Danke, so Kleinigkeiten helfen ungemein. Ich werde das in Erinnerung behalten." Er rieb sich die Hände. "Bereit für die Nächste?"

Lisa nickte und Elias schloss dieses Mal halb die Augen. Er atmete wieder tief und leise ein und aus, ehe die Illusion begann.

Zuerst bemerkte Lisa nichts, doch dann schien es, als würde Nebel sich in der Hütte ausbreiten. Die Wände, Regale und das Feuer begannen zu verschwimmen und ein weißgrauer Schleier begann sich über alles zu legen, bis nichts mehr zu sehen war, nicht einmal Elias vor ihr.

Ein Wind kam auf, so kalt dass er nach Eis schmeckte und er trug den Geruch von kalter Luft und Schnee mit sich. Der Wind begann um ihre Ohren zu pfeifen und ihr Atem wurde in der nächsten Sekunde sichtbar. Lisa sog überrascht die eisige Luft ein, als sie mit einem Mal hoch auf einem weiß bedeckten Berg saß.

Sie war in dicke, wärmende Kleidung gehüllt und vor ihr breitete sich das Land aus, verschneit und hügelig, während ihr gewaltiger Berg über allem zu wachen und aufzuragen schien. Ein roter Sonnenuntergang verfärbte den gesamten Himmel mit seinen vereinzelten Wolken und warf organgenes und goldenes Licht über jeden weißen Hügel und schneebedeckten Baum.

Der Wind rauschte über Lisa hinweg, fegte die Berghänge entlang und wirbelte den Schnee auf, während Lisa den Blick nicht von der Sicht vor ihr abwenden konnte.

Das Knirschen von Schritten im Schnee ließ Lisa aufsehen und Elias trat an ihre Seite, ein begeistertes, erfreutes Lächeln auf dem Gesicht.

"Und, was meinst du?", fragte er und Lisa sah zurück auf die Landschaft vor ihnen, lauschte dem Pfeifen des Windes und spürte die eisige Kälte der Luft auf ihrem Gesicht.

"Ist es immer so?", fragte Lisa unwillkürlich. Sie wusste nicht, was in Gesicht zu lesen war, doch als sie Elias ansah, hatte sein Ausdruck etwas weiches und warmes.

Elias wandte den Blick ab und sah selbst über die Landschaft hinaus. Lisa bemerkte, wie das Licht des Sonnenuntergangs über sein Gesicht fiel und in seinen Augen leuchtete etwas starkes, klares. Sie konnte den Blick nicht abwenden.

"Wenn wir es wollen, ja", sagte Elias, seine Stimme leise doch deutlich. Ein sanftes Schweigen breitete sich zwischen ihnen aus, wurde getragen vom Wind und langsam begann auch diese Illusion zu verblassen. Erst als

Lisa wieder die Wärme des Feuers spürte und ein Knacken vom Funkenflug hörte, wurde ihr bewusst, dass sie die Hütte und alles um sie herum nicht mehr wahrgenommen hatte.

Weder den Stuhl unter sich, auf dem sie jetzt wieder saß, noch die Flammen im Kamin. Elias stand neben ihr und setzte sich wieder mit einem kleinen Räuspern.

"Also, wie lautet das Urteil?", fragte er und sah sie aufmerksam und abwartend an.

Für einen Augenblick entflohen Lisa alle Worte und sie atmete hörbar aus.

"Ganz ehrlich? Ich...mir ist nichts aufgefallen. Ich war so damit beschäftigt alles anzusehen."

Plötzlich lächelte Elias, breit und erfreut und seine Augen leuchteten und er lachte kurz. Lisa spürte, wie ihr Herz mit einem Mal unwillkürlich einen Sprung machte und als sich kribbelnde Wärme in ihrer Brust ausbreitete, sie wusste mit unerwarteter Klarheit, was in diesem Moment passierte.

"Das ist wundervoll!" Elias, der nur einen halben Meter von ihr entfernt saß, rutschte auf seinem Stuhl etwas nach vorne. "Genau das will ich bewirken. Es war verzaubernd, nicht wahr?"

Lisa lächelte unwillkürlich. "Ja, das war es."

Elias sah aus, als würde er sich nicht zwischen sitzen bleiben und aufstehen entscheiden können und so wirkte er etwas rastlos, ehe Lisa das Wort erhob.

"Die Illusion, als wir uns getroffen haben, das Meer, kann ich das noch einmal sehen?", fragte sie.

Falls es möglich war, schien sein Gesicht noch mehr aufzuleuchten.

"Natürlich. Komm, steh auf, das ist am besten", sagte er und sprang selbst auf die Füße. Lisa erhob sich und Elias schob ihre Stühle an den Tisch, ehe er sie mit einer leichten Berührung in die Mitte der Hütte dirigierte.

"Okay, ich fange an", sagte er sobald sie standen.

Dieses Mal schien er nicht konzentriert atmen zu müssen und die Illusion entstand schnell um Lisa herum. Sie spürte wie ihre Füße etwas in den Sand unter ihr sanken, ehe ihr Körper mit einem Mal leichter zu werden schien und ihre lockigen Haare begannen wie eine Wolke um ihren Kopf zu schweben.

Das Blau des Wassers war mit einem Mal überall und Lisa bemerkte, dass es dieses Mal natürlicher wirkte. Ein wenig trüber und endloser, ohne jedoch an Kraft und Intensität zu verlieren. Die Sonne schien von oben auf das Wasser herab und warf tanzende Lichtlinien auf den Sand. Dann erschien der erste Delfin aus dem blau. Leicht und mühelos schwamm er auf sie zu, gefolgt von zwei weiteren. Ein Hai schwamm beständig und ohne Hast ein Stück hinter Lisa entlang.

Elias trat einen Schritt nach vorne und der Sand stob leicht dabei auf. Der Hai schwamm näher an ihm vorbei und Elias strich ihm leicht über den Rücken.

Die Delfine schwammen um sie herum und Lisa spürte den Zug des Wassers von ihren Bewegungen, spürte wie das Meer über sie hinweg zu streichen schien.

Mit einem Lächeln beobachtete sie, wie der erste Delfin zu Elias schwamm und ebenfalls von ihm berührt wurde.

Urplötzlich spürte sie eine Präsenz hinter sich, wortlos und klar wie ein Atemzug und präsent wie ein steter, starker Herzschlag. Sie wandte sich um und sah mit einem Mal einen Orca, der auf sie zu schwamm.

Der Killerwal schwamm jedoch nicht sofort weiter, sondern schien etwas näher zu ihr zu driften, wobei er leicht die Brustflossen bewegte und sie mit klaren, blauen Augen musterte.

Lisa hob die Hand und streckte sie aus. Der Orca schwamm das letzte Stück zu ihr und wandte sich dabei etwas zur Seite. Ihre Fingerspitzen strichen über die glatte Haut und sie spürte den Zug des Wassers, der ihre Haare in eine Richtung strich, während der Orca an ihr vorbei glitt.

"Sie sind so majestätisch." Elias Stimme erklang leise und ehrfurchtsvoll hinter ihr und der Killerwal schwamm mit klaren, starken Bewegungen weiter. "Sie faszinieren mich so sehr."

Lisa sah über ihre Schulter und Elias stand dort hinter ihr. Er lächelte sie an und deutete dann nach oben, im selben Augenblick, in dem ein Schatten über sie hinweg streifte.

Lisa folgte seinem Wink und bemerkte kaum, wie sie überrascht einatmete und ihr der Mund etwas offen stehen blieb.

Orcas und Delfine schwammen über sie hinweg und noch weiter über ihnen, etwas zu ihrer Linken, durchpflügte ein riesiger Buckelwal das Wasser. Klicken und Pfeifen erfüllte das Wasser, Gesang und Kommunikation zugleich, während ein paar Haie ein Stück über dem sandigen Boden hinweg glitten.

"Vor dem Winter habe ich viel Zeit im Meer verbracht", sagte Elias leise und Lisa trat einen halben Schritt zurück um besser sehen zu können. Ihre Schultern streiften seine unerwarteter weise, doch keiner von beiden wich zur Seite aus. Sie blieben wo sie waren und Lisas Herz schlug unwillkürlich etwas schneller.

"Wie war es?", fragte sie dann, ebenso leise.

"Es war alles, was ich mir erträumt hatte und so viel mehr."

Langsam begann der Ozean um sie herum zu verschwinden. Wie Rauch lösten sich die Meerestiere auf, der Sand begann wieder zu festem Boden zu werden und das Blau des Wassers wich Steinwänden und dem Schein von Feuer.

"Entschuldige." Elias warf ihr ein kleines, schiefes Lächeln zu. "Ich übe noch daran, Illusionen lange aufrecht zu erhalten. Es ist einfach wenn es nicht viel ist, aber bei so großen Illusionen mit so vielen Details geht mir noch recht schnell die Luft aus."

"Du musst dich nicht entschuldigen." Lisa wandte sich ihm zu, auch wenn das den Kontakt ihrer Schultern abbrach. "Wie kommt es, dass Leute nicht ihr halbes Leben in Illusionen verbringen?"

Elias lachte kurz. "Das habe ich Adisa auch gefragt. Er hat mich nur angesehen und gesagt, dass nicht alle gut mit Illusionen umgehen können. Manche Leute mögen auch keine Träumereien. Und viele Menschen bevorzugen die Realität, sie wollen lieber dort alles erleben und etwas verändern."

Lisa summte verstehend. "Das verstehe ich."

"Ich würde für heute dann auch erst einmal aufhören", sagte Elias und fuhr sich durch die Haare. Er wirkte mit einem Mal etwas nervöser als zuvor. "Ich bin keiner der starken Hexer, wenn ich viele Illusionen an einem Tag verwende, werde ich ziemlich müde."

"Ich habe gerade einmal den Großteil der wichtigsten Grundzüge gelernt und werde davon müde", sagte Lisa. "Unabhängig davon, es ist sehr eindrucksvoll für mich, was du alles schaffst."

"Das wird dir auch noch gelingen." Elias sah sie an, klar und unerschrocken. "Du lernst schnell und hast ein gutes Gespür für Magie. Ich weiß, dass du alles tun kannst das du willst, wenn du einmal weißt wohin du möchtest."

Lisa wusste für einen Moment nichts mehr zu sagen. "Danke."

Elias nickte und räusperte sich kurz, ehe er seine Jacke vom Stuhlrücken zog. Lisa tat es ihm gleich, wenn auch etwas langsamer und auf einen Wink von Elias hin, erstarb das Feuer Stück für Stück. Als nur noch Glut da war, neigte Elias mit ein wenig Konzentration den Kopf und auch das letzte Glimmen erlosch und verschwand.

Sobald Lisa ihre Jacke zu gezogen hatte, öffnete Elias die Hüttentür und ließ sie zuerst hindurch treten.

"Mir hat das alles heute Spaß gemacht", sagte er, während sie langsam durch den Schnee davon stapften.

Der Himmel war an diesem Tag klar und sonnig über ihnen. Leise rollte das Meer an die Küste und der Geruch nach Salzwasser und Fisch vermischte sich mit dem Duft von Eis und Schnee.

"Mir auch, auch wenn ich nicht viel helfen konnte, glaube ich", sagte Lisa.

"Jede Hilfe, noch so klein, ist wichtig", sagte Elias und dann hellte sich plötzlich sein Gesicht auf und er wandte sich ihr zu. "Ganz anderes Thema, ich wette, du bist noch nie beim Wintermarkt gewesen, nicht wahr? Oder hat Merla dich mal hin gebracht? Oder zu einem der anderen Märkte?"

Lisa hielt überrascht inne und schüttelte dann den Kopf. "Vom Wintermarkt habe ich noch nichts gehört."

Elias grinste. "Wollen wir zusammen hin gehen? Ich bin bisher noch nicht dazu gekommen. Jede Jahreszeit hat ihren eigenen Markt an anderen Orten und ich wollte noch den vom Winter sehen, bevor das Jahr endet und der Markt die Zelte und Stände abbricht."

"Gerne." Lisa spürte, wie sich auch auf ihrem Gesicht ein Grinsen ausbreitete. "Wann wolltest du dorthin? Wie kommen wir hin?"

"Portale", sagte Elias spitzbübisch und schob seine Hände in die Jackentaschen. "Bei mir passt jeder Tag an dem ich nicht von Adisa unterrichtet werde. Wie wäre es mit nächstem Wochenende? Am Abend, so um sechs Uhr? Dann ist es schon dunkel und wir können alles erleuchtet sehen."

"Am Sonntag?", hakte Lisa nach. "Nächster Samstag ist schon verplant." Ji-Woo und Anna hatten darauf bestanden, selbst wenn sie nur ein paar Stunden zusammen verbrachten oder ein, zwei Filme zusammen ansahen.

"Passt perfekt, wir treffen uns dann hier." Elias lächelte sie an und es hatte etwas weiches, erfreutes. "Ich freue mich drauf."

Lisas Lächeln wurde größer und sie spürte, wie ihr trotz der eisigen Winterkälte warm wurde. "Ich mich auch."

~*~

Die nächste Woche schlug Merla vor, dass sie die Hälfte der Lehrstunden wieder ihrer Ausbildung widmeten, anstatt alle Zeit für das Kämpfen und Verteidigen einzuteilen.

"Wenn du mit Elias weiter übst, könnte ich dir in ein paar Wochen mehr beibringen. Wie klingt das für dich?", fragte Merla, als sie wieder eine Stunde mit Energiestößen und Schilden abgeschlossen hatten. Merla brachte ihr derzeit bei, wie sie Schilde zu Barrieren vergrößern und sogar an Ort und Stelle festpinnen konnte.

Bisher gelang es Lisa, eine Barriere in der Größe eines Pferdes zu erschaffen.

"Ich denke, das wäre okay", sagte Lisa nach dem sie einen Augenblick lang darüber nach gedacht hatte. Sie fühlte sich sicherer als zuvor, allein schon mit dem Wissen wie schnell sie einen Schild erschaffen konnte, oder einen Energiestoß.

Elias war bei ihrer letzten gemeinsamen Übungsstunde auch überrascht gewesen wie gut und fast schon nahtlos Lisa es inzwischen hin bekam. Es steckte auch viel harte Arbeit darin und Lisa konnte die Stunden nicht mehr zählen, an denen sie Abends oder in den Morgenstunden ihren Schild Zuhause geübt hatte. Ganz zu schweigen von den fast täglichen Übungsstunden mit Merla und Elias.

Merla lächelte kurz leise und es hellte ihr Gesicht für einen Moment ein wenig auf. "Gut. Als nächstes hätten wir, wie du Energie in Kristallen speichern kannst. Dazu kommt dann, Kraft aus deiner Umgebung ziehen oder sie zurück zu geben. Danach würde ich gerne die Magie der Lebensfunken anschneiden und dir die Grundsteine der Heilmagie beibringen."

Lisa horchte auf und grinste unwillkürlich. "Das klingt interessant."

Merla lächelte etwas breiter, ehe urplötzlich das Klingeln ihres Handys die Luft zerschnitt. Von einer Sekunde zur Nächsten wurde Merla wieder ernst und mit einem kurzen, entschuldigenden Blick entfernte sie sich ein paar Schritte und hob ab.

Lisa, die immer noch hören konnte was Merla sagte, ging ebenfalls ein Stück davon. Sie blieb schließlich bei Kara stehen, die vor ihrem Wagon den Weg mit Magie von Schnee befreit hatte.

Kara sah dann zu Merla hinüber. Sie schwieg einen Moment lang und erhob schließlich das Wort.

"Ihr geht es besser", sagte Kara leise und lächelte ein wenig. "Sie hat auch wieder an Muskelmasse zu gelegt. Merla hat mit dem Training nie aufgehört, doch ich kann sehen, dass es ihr wieder Spaß macht, dass sie wieder mehr dabei ist und entschlossener als vorher."

Lisa sah sie überrascht an und als Kara sich ihr zu wandte, war ihr Blick gleichwohl traurig und dankbar.

"Bevor ihr euch getroffen habt, haben Merla und ich uns kaum noch gesehen. Früher hatten wir eine sehr enge Freundschaft, wir waren in unserer Jugend auch ein Jahr zusammen, bevor sie auf einen Einsatz musste und wir beschlossen haben, dass wir beide eine Fernbeziehung nicht wollen. Das ist auch schon wieder eine Weile her."

Lisa zögerte einen Moment lang und dachte daran, dass sie immer noch wenig über Merla wusste und wie wenig die andere Frau von sich sprach. "Ist es für Merla okay, wenn du mir das sagst?"

Kara lächelte leicht. "Ja, sie macht daraus kein Geheimnis." Sie wurde wieder etwas ernster. "Merla erzählt nur selten etwas über sich, wenn man sie nicht danach frägt."

Karas Blick wanderte für einen Moment in die Ferne, ehe sie Lisa wieder ansah, klar und jetzt ohne Trauer, dafür mit leiser und unverrückbarer Entschlossenheit.

"Dich zu unterrichten tut ihr gut und wir finden wieder Tage, an denen wir Zeit miteinander verbringen können. Dafür will ich dir danken, Lisa."

Lisa schwieg einen Augenblick überrascht an und schüttelte dann leicht den Kopf. "Ich mache nichts, ich bin es, die dankbar ist. All das hier hätte ich nie entdeckt, wäre Merla bei dem Unfall nicht da gewesen."

Karas Lächeln wurde etwas größer. "Die Magie hätte ihren Weg gefunden." Ein stärkerer Wind fegte über die Küste hinweg und Kara schloss für einen Moment die Augen, als ihre Haare zurück gestrichen wurden. Ihr Lächeln bekam etwas freies und starkes, ehe sie Lisa wieder ansah. "Das tut sie immer. Ich bin froh, dass sie dich hier her geführt hat."

Lisa wusste darauf nichts zu sagen und nickte stumm. Ein verständnisvolles, angenehmes Schweigen bereitete sich zwischen Kara und ihr aus, bis Merla zu ihnen zurück kam. Sie wirkte etwas verstimmt und seufzte.

"Einer meiner Klienten will, dass ich früher auftauche um seinen Ehrengast zu eskortieren." Sie schob ihr Handy zurück in die Hosentasche. "Ich muss dafür gleich aufbrechen."

"Passiert das häufiger?", fragte Lisa.

Merla nickte in Richtung ihrer Autos und mit einem Abschiedswink an Kara, ging sie los. Lisa winkte der Bezirkshexe ebenfalls noch kurz zu und eilte ihrer Lehrerin dann hinterher.

"Selten", sagte Merla, während sie den Weg entlang ging und den Kragen gegen den kalten Wind hoch schlug.

Heute trug sie eine schwere, dunkle Jacke die wie manch andere, zu groß war. Und jetzt da Kara sie darauf aufmerksam gemacht hatte, sah Lisa, dass Merla wirklich kräftiger aussah als zuvor. Definierter ebenfalls, auf eine Weise.

"Meistens werde ich angerufen wenn jemand Ärger macht", fuhr Merla fort. "Oder wenn ein Kunde zur Sicherheit jemanden da haben will. Für gewöhnlich eskortiere ich Gegenstände oder begleite in der Stadt jemanden für einen oder ein paar Tage."

Verstehend nickte Lisa, doch bevor sie noch etwas fragen konnte, erreichten sie bereits die Autos.

"Wir sehen uns", sagte Merla und stieg ein, während Lisa ihr zum Abschied kurz zuwinkte.

Merla nickte knapp zurück, ehe sie bereits davon brauste.

~*~

Der Sonntag kam schneller als Lisa es für möglich gehalten hätte. Merla hatte wegen eines anderen Klienten die Unterrichtsstunden am Freitag verschieben müssen und hatte keine Zeit gehabt.

Lisa parkte am Abend bei Kara und stieg aus. Ihr ganzer Körper schien vor Nervosität zu kribbeln und sie schob ihre Wagenschlüssel in ihre Umhängetasche, ehe sie durch das Tor trat.

Die Stille der Nacht hing wie ein schwereloses, lebendiges Tuch um sie herum und der Himmel war dunkel und mit einigen Wolken bedeckt.

Das Rauschen der Wellen wirkte in der Ruhe lauter als zuvor und Lisa spürte ihre Atemzüge deutlicher als bei Tage. Sie wusste nicht was es war, doch etwas an der Nacht und der Stille schien ihre Sinne zu schärfen.

Elias wartete bereits auf sie, er stand vor Karas zweitem Wagon und wurde von der Außenlampe neben der vordersten Tür erhellt.

Sobald er sie sah, breitete sich ein Lächeln auf seinem Gesicht aus.

"Hey", grüßte er sie warm und hob dann einen flachen Stein hoch. Lisa sah auf den zweiten Blick, dass die Vorderseite mit Symbolen bedeckt war, die im Kreis angeordnet ein kurioses Muster ergaben. "Hiermit kommen wir zum Markt."

Lisa trat näher und Elias reichte ihr den Stein, damit sie ihn genau ansehen konnte. Sie fuhr mit den Fingerspitzen über die eingemeißelten, feinen Linien und gab den Stein dann zurück.

"Für ein Spiegelportal?", fragte sie nach einem Moment. Der Stein sah nicht aus, als würde er zu einer von Karas Türen passen.

Elias nickte und sein Lächeln wurde etwas breiter. "Genau. Anders kommt man nicht zu den Märkten. Jede Jahreszeit hat einen. Nur der Sommermarkt fällt mit der Convention der magischen Welt zusammen, die jedes Jahr beim Rat abgehalten wird, da läuft das etwas anders. Bereit?"

Lisa schluckte und nickte. Elias wandte sich dem Wagon hinter sich zu. Er öffnete die Tür und ließ Lisa den Vortritt.

Was früher im Wagon gewesen war, war, abgesehen von der Holztäfelung an den Wänden und dem Boden, vollkommen entfernt worden. Keine Bänke, keine Tische, keine Abtrennungen für die einzelnen Abteile, nichts war mehr da. Stattdessen füllten Regale die langen Wände und den Bereich unter den Fenstern. Direkt neben ihnen am Eingang, an der kurzen Seite des Wagons hing ein riesiger Spiegel, der vom Boden bis zur Decke reichte.

Die Regale waren gefüllt mit Flaschen, Flakons, Dosen und Keramikbehältern und Tongefäßen aller Art. Durch das Glas der Flaschen konnte Lisa verschiedene Kräuter und Flüssigkeiten erkennen und sie war sich sehr sicher, dass sich in den anderen Behältern ähnliches befand.

An den Fenstern hingen Bündel von Kräutern zum Trocknen und am anderen Ende des Wagons befand sich ein großer Tisch mit einem Destillierapparat darauf, sowie ein paar anderen Gerätschaften. Das alles war genauso tadellos sauber wie der Rest des Wagons.

In der Luft hing eine Geruchmischung nach Lavendel und frischem Wasser, vermengt mit etwas, das entfernt wie Kräutertee roch.

"Komm." Elias berührte kurz ihren Ellbogen und wandte sich dem großen Spiegel zu. Er drückte den Stein auf das Glas und es schien eine Welle durch das Spiegelbild zu gehen.

"Nach dir", sagte er und Lisa trat etwas zögerlich vor. Sie streckte eine Hand aus und anstatt des kühlen Spiegels zu berühren, tauchten ihre Finger in das Spiegelbild ein. Sofort spürte sie auf der anderen Seite einen eisigen Windstoß.

Lisa warf Elias noch einen Blick zu, der ihr ein warmes und zuversichtliches Lächeln schenkte, ehe sie tief einatmete und durch den Spiegel trat.

Auf der anderen Seite grüßte sie ein kalter, Schnee wirbelnder Wind. Lisa sog überrascht die Luft ein und ihre Augen weiteten sich staunend und überrascht.

Vor ihr lag der Eingang des Marktes und Menschen strömten durch die Spiegel, die rechts und links auf einer Anhöhe aufgestellt waren.

Der Eingang des Marktes war ein großer Holzbogen, an dem verschiedene Kristalle und Lichter angebracht waren. Von dem Torbogen aus, ging ein hoher Holzzaun um den ganzen Markt herum und dahinter begannen die Stände. Goldgelb leuchtende Lampen erhellten den Schnee und die Wege und in den meisten Ständen brannten flackernde Kerzen.

Lisa konnte selbst von ihrer erhöhten Position aus kaum erkennen wie groß der Markt war. Er schien sich ewig zu erstrecken, mit tanzenden Lichtern und flackerndem Lagerfeuer an einer großen, freien Stelle, die sie von hieraus sehen konnte. Bühnen mit Musiker gab es und sie konnte jetzt schon die ersten Gerichte riechen, die nicht unweit des Eingangs serviert wurden.

Es roch nach gebrannten Mandeln, dicken Suppen und Braten und mit allem zusammen schien leicht der süße Geruch von Gebäck mitzuschwingen.

"Es ist jedes Mal wieder beeindruckend", sagte Elias auf einmal und Lisa schreckte überrascht auf. Sie hatte nicht einmal bemerkt, dass er durch den Spiegel getreten war.

Er warf ihr ein entschuldigendes Lächeln zu und schob sie dann sacht vorwärts. "Komm, wir blockieren sonst den Spiegel für die nächsten Besucher."

Lisa ging rasch los und sobald sie durch den Torbogen traten, deutete Elias nach links, während er den Stein in seine Jackentasche gleiten ließ.

Ein Stand war weiter hinten dort, wo er hindeutete, aufgebaut und es waren drei längere Schlangen zu sehen.

"Das ist der Geldwechsler. Wir sind derzeit in Alaska, daher nehmen wir die Währung, die dort verwendet wird." Er deutete um sie herum und Lisa konnte vage in der Finsternis den Umriss von aufragenden Felsen an einer Seite ein Stück vom Markt entfernt erkennen.

"Wir sind in den Bergen, der Markt ist daher eher länglich als rund aufgebaut", erklärte Elias. "Nächstes Jahr wird er dann woanders sein. Die Hexen haben auch einige Vorkehrungen getroffen, dass niemand ungewollt her kommt, in dem Monat, in dem der Markt hier ist."

Lisa sah zu dem Geldwechsler zurück. "Soll ich mich dann besser anstellen?"

"Wäre gut." Elias hielt inne und warf ihr einen verlegenen Blick zu. "Entschuldige. Ich bin so gewohnt das Leute wissen, wie das hier funktioniert. Ich hätte dir vorher sagen sollen, wo der Markt ist, dann hättest du bei deiner Bank einfach das Geld bereits gewechselt am Schalter holen können."

"Ist nicht so wild", sagte Lisa mit einem kleinen, beruhigenden Lächeln, während sie sich anstellte. "Womit könnte man denn sonst noch zahlen?"

"Viele Leute holen sich entweder die Telefonnummern oder Internetadressen der Stände hier und bestellen dann später online oder persönlich", sagte Elias, der die Kapuze gegen den weiterhin fallenden Schnee hoch schlug. "Mit Karte wird hier nicht gezahlt. Oder, wenn du selbst Dienste oder Gegenstände anzubieten hast, kannst du einen Tauschhandel vorschlagen. Das ist neben Geld das, was wir Hexen und Hexer am häufigsten machen. An den Ständen sind auch Schilder, wo du sehen kannst wofür sie bereit sind ihre Waren zu tauschen."

Lisa gab ein verstehendes Geräusch von sich und Elias deutete auf ein paar der umliegenden Stände, während sie in der Schlange langsam vorrückten. Er erklärte ihr, was verschiedene Leute anboten, wofür sie

Schutzamulette kaufen konnte und dass die meisten von ihnen nur gegen schwache Magie schützten, was jedoch für gewöhnlich auch reichte. Die meisten Hexen hatten nicht viel Kraft.

Es gab auch genügend Halsketten und Armbänder sowie gravierte Steine und Kristalle, die als Glücksbringer verkauft wurden oder als Bringer für Liebe, Geld und Gesundheit.

"Funktioniert das wirklich?", fragte Lisa, als Elias in die Richtung eines solchen Standes gestikulierte.

Er neigte den Kopf. "Vielleicht, ich kenne mich nicht gut genug mit Symbolen aus, das hat mich ehrlich gesagt über die Basis hinaus nie interessiert. Wenn es möglich ist, dann auf jeden Fall durch Magie. Vielleicht reicht es aber auch schon für die Leute, dass sie glauben können, dass es funktioniert."

Lisa nickte nachdenklich und rückte in der Schlange weiter vor.

Sobald sie ihr Geld gewechselt hatte, gingen sie los. Es gab Stände die gefüllt waren mit Kristallen und Kerzen, es gab Stände voll Räucherwerk und Kräuter. Schmuck und Amulette, unbearbeitete Steine und Holzplatten füllten andere Marktstände und es gab unzählige Verkäufer, die Dinge auf Bestellung hin anfertigten oder Symbole für Amulette an Ort und Stelle eingravierten.

Andere Stände boten Artikel aus verschiedenen Ländern an, geschnitzte Holztiere und Drachen, Tücher und Stoffe, sowie Symbol versehene Kleidung, die einen niemals kalt oder nass werden ließ.

Es gab so viele verschiedene Essensstände, dass Lisa nicht wusste, wovon sie zuerst probieren sollte. Es gab dicke Suppen mit Knödeln oder Pilzen, gebrannte Nudeln und gebrannten Reis, Chili Eintöpfe mit und ohne Fleisch, sowie verschiedene Fleischgerichte und Pasteten, zusammen mit Spezialitäten aus Allerwelt. An anderen Ständen gab es frisch gebackenes Brot und Apfelstrudel oder weiches, glasiertes Gebäck, während ein anderer Verkäufer die verschiedensten, kleinen Pizzen anbot.

An vielen Essenständen hingen auch Schilder, dass die Gerichte frei von einigen Allergien bestellt werden konnten.

Es gab Stände die zum bersten gefüllt waren mit Süßigkeiten, von Zimtsternen über glasierte Äpfel bis hin zu Tüten mit Schokolade oder geröstete und überzogene Nüsse und Früchte.

Daneben gab es Marktstände und Zelte mit Hexen und Hexern die Kräuter und Tees anboten, Bücher verkauften oder bei denen man handgemachte Grimoire auswählen konnte.

"Wenn es irgendetwas gibt das du noch nicht hast", sagte Elias, während Lisa aufmerksam und langsam die Wege entlang ging, stetig von einer Seite zur anderen sehend um nichts zu verpassen. "Dann wirst du es höchstwahrscheinlich hier finden."

"Wie groß ist das alles hier?", fragte Lisa, während sie auf einen größeren, freien Platz des Marktes kamen.

Ein großes Feuer brannte und Musiker führten ein Stück auf. Geigenklang erfüllte die Luft und verkleidete und maskierte Hexen und Hexer tanzten um die Flammen des Feuers.

"Riesig. Wenn du alles von dem Markt sehen wollen würdest, jeden einzelnen Stand, müssten wir drei Tage hintereinander jeden Abend her kommen." Elias hielt inne, als eine Frau bei den Musikern die kleine Bühne betrat und ihr Gesang sich hell und klar über die Musik erhob.

Sie schlenderten weiter, an den Tänzern und Schaulustigen vorbei, bis sie zurück zum Gedränge der Wege bei den Ständen kamen. Elias hielt inne und bot Lisa dann seine Hand an.

"Wenn du möchtest", sagte er leise. "Und damit wir uns nicht verlieren."

Lisa spürte wie ein Lächeln sich auf ihrem Gesicht ausbreitete und sie ergriff Elias Hand. Seine Finger schlossen sich sanft um ihre, kühl von der Kälte des Winters, und er erwiderte ihr Lächeln warm.

Sie gingen zusammen weiter und Lisa spürte, wie seine Arm immer wieder leicht ihren streifte. Das Lächeln wollte nicht mehr von ihrem Gesicht weichen und ihr Herz schlug schneller vor Freude.

Sie kamen an einem Stand vorbei, der die verschiedensten Tees verkaufte und für einen Moment war die Luft erfüllt mit den Gerüchen von Süße und von Kräutern, von Zimt und Pfefferminze.

Lisa kaufte bei einem anderen Stand einen fingergroßen, türkis-blauen Edelstein. Sobald sie ihren Einkauf in ihrer Tasche verstaut hatte, streckte sie wieder die Hand aus, ein wenig zögerlich und fragend und Elias ergriff sie und drückte kurz sanft ihre Finger.

Elias führte sie zu den Ständen, bei denen er gerne einkaufte. Er besorgte einige Kräuter und eine neue Räucherschale, sowie ein paar Klangschalen.

"Adisa und ich wollen mit den Illusionen mehr ausprobieren", klärte Elias, der einhändig seine Einkäufe geschickt in seiner Umhängetasche verstaute. "Ich will herausfinden, wie gut ich darin bin jemandem etwas anderes überzeugend zu zeigen, wenn die Umgebung stark nach anderen Dingen riecht oder klingt."

Lisa gab einen verstehenden Laut von sich und wich leicht einem anderen Pärchen aus, während Elias mit ihr etwas zur Mitte des Weges ging. Er führte sie kurz darauf zu einem der großen Zelte und sie traten hinein. Die Luft war wärmer und sie wurden gleich von dem Geruch von heißem Essen begrüßt.

Nicht unweit von ihnen gab es einige größer und professioneller aufgebaute Stände und Lisa sah, dass man sich dort Ohrringe stechen lassen konnte. Es gab sogar einige Tätowierer, auch wenn es so aussah, als konnte man bei ihnen nur Termine ausmachen und erste Skizzen besprechen.

Hier im Zelt wurden auch diverse Kleidungsstücke und ausgefallene oder schwierigere Bücher sowie gemalte Bilder angeboten.

Ein Stand erregte dabei Lisas Aufmerksamkeit und sie blieb langsam stehen. Elias stoppte mit ihr und warf einen Blick auf die Auslagen. Es waren unzählige, weiße Kerzen, Nichts an ihnen sah besonders aus und Lisa hätte sie nicht bemerkt, wenn ihr der Geruch nicht aufgefallen wäre.

Je nach dem welchem Kerzenbündel man sich zu neigte, roch es nach Regentagen, Sonnenschein, Kaminfeuer oder einem vertrauten, geliebten Buch. Es roch nach der Freude das Lieblingslied zu hören oder etwas in den Händen zu halten, worauf man schon die ganze Zeit gewartet hatte

"Hier", sagte Elias leise und hob eine der Kerzen hoch, um ihr den Boden zu zeigen. Symbole waren sauber und sehr fein in das Wachs eingeritzt. "Sie halten den Geruch von lieben oder beruhigenden Erinnerungen fest oder erzeugen ihn." Er hielt kurz inne. "Wobei, nicht alle. Ein paar von ihnen sind magisch so versehen, dass sie den Teil des Gehirns ansprechen, der gewisse Dinge beruhigend findet. Deshalb riechen manche Kerzen wie Lachen und Umarmungen, so ungewöhnlich das auch klingen mag."

Lisa erinnerte sich in diesem Moment, wo sie so etwas schon einmal bemerkt hatte. Der Laden am Hafen. Das musste sie Anna erzählen. Waren die Kerzen dort auch magisch?

Sie zögerte einen Moment lang, ehe sie ein paar der Kerzen kaufte. "Geschenke", sagte sie zur Erklärung und Elias' Lächeln war warm.

"Das ist lieb von dir", sagte er leise und als Lisa wieder seine Hand ergriff, verschränkte er seine Finger mit ihren.

Lisa fand noch einen dunklen, handgemachten Schal der so weich war, dass sie für einen Moment nur da stand und ihn berühren konnte. Sie kaufte ihn als Geschenk für ihren Vater und kurz darauf verließ sie mit Elias das Zelt.

Draußen kamen sie an einem Stand vorbei, der Glühwein und andere heiße, alkoholische Getränke anbot. Im vorbei gehen konnte sie sehen, wie die Verkäuferin kurz die Oberfläche des Getränks anzündete und es dann dem Kunden reichte.

"Wollen wir uns auf den Rückweg machen?", fragte Elias schließlich.

"Wenn wir wollen können wir ja noch einmal zurück kommen. Der Markt ist noch über zwei Wochen hier."

"Gerne." Inzwischen war es auch schon recht spät geworden und Lisa spürte, wie kalt ihre Beine und Finger von all der eisigen Luft geworden waren.

Auf dem Rückweg kamen sie wieder an dem großen Marktplatz vorbei. Das Aufführungsprogramm hatte sich inzwischen geändert. Eine Frau stand auf der Bühne und sang von Trommeln begleitet. Im Augenblick waren keine Tänzer zu sehen, doch Lisa bemerkte, wie ein paar Leute begannen das Feuer zu vergrößern. Irgendwas würde hier später wahrscheinlich noch passieren.

"Um Mitternacht gibt es hier ein paar Aufführungen von Hexen und magischen Wesen", sagte Elias, während sie weiter gingen. Er wurde kurz langsamer. "Möchtest das sehen? Wir können dann noch bleiben." Lisa zögerte und schüttelte dann doch den Kopf. "So gerne ich würde, es ist zu spät."

Vor allem, da sie am Montag ihre Unterrichtsstunde bei Merla hatte und sie wusste, sie würde ihre Kraft brauchen, wenn sie so viel Magie wie möglich oder so lange wie möglich verwenden wollte.

Sie suchten sich ihren Weg zurück durch die Menge und Elias verschwand kurz bei dem Torbogen. Als er wieder zurück kam, reichte er Lisa einen Stein wie er ihn besaß.

"Damit du selbst zum Markt kommen kannst", sagte er mit einem Lächeln. Als Lisa ihm das Geld zurück zahlen wollte, schloss er ihre Finger um den Stein. "Es ist ein Geschenk. Damit kommst du übrigens zu allen Märkten. Außer den im Sommer, aber ich bin mir sicher, das wird dir Merla erzählen."

"Danke." Der Stein war glatt und kalt und sie spürte die Linien der Symbole unter ihren Fingerspitzen. Sie wusste nicht, was sie sonst sagen konnte und Elias nickte zu den Reihen von aufgestellten Spiegeln.

"Komm, lass uns nach Hause gehen." Dieses Mal zog er einen anderen Stein als zuvor hervor. "Die hintere Reihe der Spiegel ist für alle, die zurück wollen."

Sie stellten sich an und warteten, bis ein Spiegel frei wurde. Wie zuvor legte Elias den Stein auf das Glas und ließ Lisa hindurch treten. Diesmal wandte sie sich um sobald sie hindurch getreten war.

Elias folgte ihr kurz darauf und behielt eine Hand an dem Stein, den er, sobald er vollständig durch den Spiegel getreten war, mit sich auf die andere Seite zog.

Karas Wagon war nicht aufgewärmt, doch es war definitiv ein wenig wärmer als auf dem Markt, vor allem ohne den eisigen, steten Wind der Berge.

"Du solltest Kara auch nach einem von diesen hier fragen", sagte Elias und hielt kurz den Stein in seiner Hand hoch. "Egal wo du bist, das Spiegelportal wird dich hierher bringen. Wobei sie es selten erlaubt, dass der Spiegel außerhalb von Notsituationen benutzt wird. Sie arbeitet auch einen Großteil des Tages hier drin, was ein weiterer Grund ist, warum sie das Portal nur für Notfälle eingerichtet hat."

Er lächelte kurz schief. "Sie war jedoch so nett, uns den Spiegel für heute Abend zur Verfügung zu stellen.

Das Spiegelportal klang durchaus sehr praktisch. Lisa folgte Elias nach draußen und schaltete dabei das Licht im Wagon aus. Ein Blick zur Seite verriet ihr, dass Kara wahrscheinlich schon schlief, denn im anderen Wagon war es dunkel und alle Vorhänge waren zu gezogen.

"Ich hatte einen schönen Abend", sagte Elias, sobald Lisa sich ihm zu wandte. Er lächelte und Lisa trat näher zu ihm. "Und du?", fragte er leise.

Lisa streckte leicht eine Hand aus und berührte mit den Fingerspitzen seine und Elias verschränkte seine Finger leicht mit ihren. Leise, erfreute Aufregung breitete sich in ihren Lungen aus und ließ sie tiefer einatmen. "Ja, hatte ich." Sie sah auf und sein Blick war warm und weich.

Elias trat näher und er hob seine freie Hand und strich leicht über Lisas Wange.

Ihr Herz schlug höher und sie richtete sich unwillkürlich etwas auf und hob das Kinn. Ihr Daumen strich leicht über seinen Handrücken.
"Das freut mich, sehr sogar." Er schob eine Locke hinter ihr Ohr. "Darf ich dich küssen, Lisa?"
Lisa spürte wie sie unwillkürlich lächelte und ihr Herz noch schneller schlug, nervös und erfreut zugleich. "Ja."
Sie schloss die Augen und stellte sich leicht auf die Zehenspitzen im selben Moment, in dem Elias sich vor beugte.
Ihre Lippen berührten sich, kühl vom Wind und ein wenig zurück haltend zuerst, bis Lisa den Kuss vertiefte. Elias' Hand legte sich an ihre Wange und sie hob ihre freie Hand an seine Hüfte.
Einen Moment später lösten sie sich von einander und Elias Lächeln erhellte sein ganzes Gesicht. Er strich mit dem Daumen über ihre Wange und seine Stirn lehnte fast an ihrer.
"Wann kann ich dich ausführen?", fragte er leise und sie spürte seinen Atem auf ihrer Nase. "Wenn du das möchtest."
Lisa schluckte und nickte, ehe sie sich für einen Moment aufrichtete und kurz Elias erneut küsste. Er grinste, sobald sie ihn wieder ansah.
"Ich rufe dich an", sagte er, immer noch mit gesengter Stimme. "Ich begleite dich noch zu deinem Wagen."
Er trat zurück und Lisa ließ kurz seine Hand los, ehe sie sie wieder anders ergriff und sie durch den Schnee davon gingen. Die Welt war dunkel und leise um sie herum. Lisa spürte die Kälte des Windes gegen ihr gewärmtes Gesicht streifen und sie wusste, das Lächeln auf ihrem Gesicht war so glücklich wie das von Elias.

Kapitel 8

Der Montag grüßte Lisa mit dichtem Schneefall und sie stand früh auf, um mit ihrem Vater zu frühstücken, bevor er in die Arbeit musste. Der Tisch war rasch angerichtet, mit Brot und frisch aufgebackenen Semmeln, sowie einigen Aufstrichen.

"Ist in letzter Zeit alles okay?", fragte er, sobald sie sich setzten. "Ich bin so viel weg mit der neuen Stelle, ich bekomme nicht mehr viel mit."

"Alles läuft super", antwortete Lisa, während sie Kira daran hinderte, auf den Tisch zu springen. Die kleine Katze huschte daraufhin in die Küche davon. Beide Katzen waren seit dem sie aufgesammelt worden waren ein ganzes Stück gewachsen, wobei es so aussah, als würden sie beide eher im kleineren Größenspektrum bleiben.

Ihr Vater nickte verstehend und kurz darauf hatten sie ihr Frühstück beendet.

"Egal was ist, du kannst mich immer anrufen", sagte ihr Vater, während er sich seine Jacke über warf und sie kurz umarmte, ehe er sich auf den Weg machte. "Ich wünsche dir einen schönen Tag."

"Dir ebenfalls!", rief Lisa hinterher, bevor sie die Teller und das benutzte Geschirr abspülte und weg räumte.

Sie machte sich gerade auf den Weg nach oben in das kleine Arbeitszimmer um zu üben, als ihr Handy klingelte. Überrascht warf sie einen Blick darauf und war noch erstaunter, sobald sie Karas Nummer erkannte.

"Ist alles okay?", fragte sie, sobald sie abhob.

"Lisa, hat Merla sich bei dir gemeldet?", fragte Kara und Lisa konnte im Hintergrund Stimmen hören, die in gehobener Lautstärke diskutierten, wobei sie die einzelnen Worte nicht ausmachen konnte. Kara klang angespannt und Lisa richtete sich unwillkürlich auf.

"Nein, ist etwas passiert?"

Die Bezirkshexe gab einen kleinen, eigenartigen Laut von sich. "Es gibt Probleme bei den Docks und ich habe Merla vorhin angerufen und gefragt, ob sie mir helfen kann, das ganze schneller wieder in Ordnung zu bringen. Das war vor fast einer Stunde, sie hätte längst hier sein sollen und ich kann sie auch nicht mehr erreichen. Von hier komme ich auch nicht weg, solange ich noch die Wogen glätte."

Lisa spürte, wie ihr Mund trocken wurde und ihre Brust sich nervös und besorgt zusammen zog. Sie verstärkte ihren Griff um das Treppengeländer und spürte am Rande die Maserung des Holzes gegen ihre Finger und Handfläche drücken.

Kara sprach weiter: "Kannst du bei ihr vorbei fahren und nach dem Rechten sehen? Falls es nichts ist, müssen wir keine weitere Bezirkshexe einschalten, aber wenn ihr etwas passiert sein könnte, will ich lieber nachsehen."

"Natürlich." Lisa wandte sich augenblicklich von der Treppe ab und begann einhändig Schlüssel und Geldbörse in ihre Hosentasche zu stopfen. "Wo wohnt sie, kannst du mir die Adresse schicken? Dann fahre ich sofort hin."

"Danke, Lisa. Du bekommst gleich eine Nachricht von mir." Mit diesen Worten legte Kara auf und Lisa schlüpfte rasch in ihren Wintermantel. Nervös und unruhig sah sie auf ihr Handy, bis wenige Sekunden später eine Mitteilung von Kara erschien. Lisa zog ihre Stiefel an und verließ das Haus. Schnee wehte ihr eisig und schwer ins Gesicht und sie eilte zu ihrem Auto.

Die Adresse war rasch ins Navi eingegeben und Lisa parkte aus. Sie fuhr so schnell wie sie es sich erlauben konnte und zutraute, die Hände fest um das Lenkrad geklammert.

Es dauerte glücklicherweise nicht lange, bis sie bei dem mehrstöckigen Haus ankam, in dem Merla ihre Wohnung hatte. Es war eine gute Nachbarschaft, sauber und ruhig, mit einem größeren Spielplatz auf der anderen Straßenseite. Eine Handvoll Stufen führte zu der schweren

Eingangstür aus dunklem, glatten Holz und Lisa parkte in einer Lücke auf dem Parkstreifen davor.

Sie sah Merlas Wagen sobald sie ausstieg. Die Fahrertür war nicht ganz geschlossen und Lisa eilte darauf zu. Direkt davor trat sie auf etwas, das mit einem eigenartigen, knarzenden und knirschenden Geräusch ein bisschen nach gab.

Erschrocken zuckte sie zurück und bückte sich dann. Unter dem Schnee, bereits vollständig bedeckt dank des Wetters, war Merlas Tasche.

Das Herz sprang ihr in die Kehle und Lisa hob rasch die Tasche auf. Ein Blick hinein verriet ihr, dass sich Merlas Handy, ihre Schlüssel, ihr Geldbeutel und ein eingebundener Terminkalender darin befanden. Es erklärte auf jeden Fall, wieso Kara Merla nicht erreichen konnte.

In einer Seitentasche fand Lisa noch ein paar flache Steine und Holzstücke, die alle mit Symbolen beschriftet waren. Ansonsten jedoch war da nichts.

Schnell wischte sie noch durch den Schnee und fand dort schließlich auch Merlas Autoschlüssel.

Mit fahrigen Fingern fischte Lisa ihr Handy aus ihrer Tasche und rief Kara zurück.

Der erste Rufton erklang, dann der zweite, dann ein dritter. Lisa spürte, wie dünn die Luft sich mit einem Mal anfühlte und wie schnell ihr Herz schlug, als sie schließlich auf Karas Mailbox landete.

Sie stotterte eine Nachricht heraus, legte dann auf und starrte auf ihr Handy. In ihrer anderen Hand hielt sie Merlas Tasche umklammert und gegen ihre Seite gedrückt.

Nervös und fahrig rief sie schließlich Elias an. Er wusste bestimmt was zu tun war. Denn Lisa wusste es nicht. Sie fühlte sich ganz und gar verloren und Sorge um Merla kroch mit eisigen, spitzen Fingern ihr Rückgrat hinauf und verbiss sich zwischen ihren Lungen.

"Lisa, wie schön das du anrufst", erklang Elias' Stimme einen Moment später und Lisa atmete erleichtert auf.

"Elias, ich brauche deine Hilfe." Sie schluckte und ihr Hals fühlte sich so trocken an, dass diese Bewegung beinahe weh tat. "Merla ist verschwunden und ich kann Kara nicht erreichen."

"Oh...okay, ich verstehe." Seine Stimme schwang auf ernst und beruhigend um. "Hast du noch die Nummern anderer Bezirkshexen? Merla dürfte sie dir gegeben haben. Es ist ziemlich egal wen du anrufst, die meisten kennen Merla und kümmern sich darum oder rufen jemanden an, der das tut, falls sie selbst gerade beschäftigt sind."

"Okay, okay." Lisa atmete noch einmal tief ein.

"Soll ich zu dir kommen?"

"Ja, bitte." Sie fühlte sich allein schon bei dem Gedanken nicht allein sein zu müssen weniger ängstlich und unsicher.

Sie sagte Elias noch rasch die Adresse, ehe sie auflegte und die erste der Nummern wählte, die Merla ihr vor einiger Zeit gegeben hatte.

Wenige Sekunden später sprach sie mit einem Hexer, der sich ernst die Situation anhörte und versprach, sich sofort darum zu kümmern.

"Keine Sorge, wir finden sie. Und Merla ist gut, wo auch immer sie ist, sie weiß wie sie raus kommt oder durch hält bis Hilfe da ist, falls wirklich etwas schlimmes passiert ist", sagte er beruhigend und legte dann auf.

Lisa starrte ihr Handy einen Moment lang an und schob es in ihre Tasche zurück, als die ersten Schneeflocken auf dem Display landeten.

Nervös und unruhig wippte sie auf und ab, ehe sie ein paar Schritte auf und ab ging. Als sie Elias sah, der auf der gegenüberliegenden Seite parkte, überquerte sie die Straße, als kein Auto kam.

Er stieg aus und schloss sie fest in die Arme, sobald sie ihn erreichte. Lisa presste die Stirn gegen seine Schulter und atmete tief ein.

"Ist schon okay", sagte Elias beruhigend und strich ihr mit einer Hand über die Schulter. "Merla wird wieder auftauchen. So viel wie ich weiß, ist sie zäh."

"Können wir irgendwie helfen?", fragte Lisa und ließ ihn los. Dabei bemerkte sie, dass sie immer noch Merlas Tasche mit einer Hand fest hielt. Lise hielt sie kurz hoch. "Gibt es einen Weg sie zu finden?"

Elias presste kurz nachdenklich die Lippen zusammen und nickte dann. "Vielleicht. Ich kenne eine Wahrsagerin, die könnte uns einen Hinweis geben." Er sah Lisa ernst an. "Doch wir leiten den gleich an Kara oder jemand anderen weiter. Die Bezirkshexen kümmern sich darum und wenn wir etwas wissen, müssen sie das erfahren."

Lisa nickte verstehend und Elias hielt kurz inne.

"Dein Auto oder meins?", fragte er.

"Deins", antwortete Lisa.

Sie stiegen rasch ein und Elias fuhr los. Der Schneefall schien sich zu verdicken und Lisa konnte sich nicht davon abhalten, nervös mit ihrem Bein zu wippen.

"Was denkst du ist passiert?", fragte sie leise.

Elias hob ratlos die Schultern, ehe er den Blinker setzte und abbog. "Ich weiß es nicht. Doch was immer es war, wir werden es noch heraus finden."

Zum Glück brauchten sie nicht lange, um bei der Wahrsagerin anzukommen. Vor dem kleinen Eckladen war auch direkt ein Platz frei und Elias parkte dort, ehe sie ausstiegen und eintraten.

Der Laden war gefüllt mit Kristallkugeln, Tarotkarten und Kristallen in allen möglichen Arten, Farben und Formen. In einem Regal an der Seite sah Lisa sogar eine große Auswahl an Zauberartikeln und Zauberkästen.

Eine Frau saß hinter dem Tresen, mit freundlichen Lachfalten um Augen und Mund und zerzausten, lockigen Haaren die bereits erste graue Strähnen zeigten.

"Wie kann ich euch helfen?", fragte sie und musterte sie neugierig und aufmerksam mit dunkelbraunen Augen.

"Wir suchen jemanden", sagte Elias eindringlich und Lisa war froh, dass der Laden im Augenblick leer war. "Eine Hexe, sie ist Lisas Lehrerin und heute Morgen verschwunden."

Der Blick der Frau wurde verständnisvoll und sie vollführte einen kleinen Wink. Lisa hörte ein Klicken hinter sich und als sie sich kurz umwandte, sah sie, dass das Schild sich von Geöffnet zu Geschlossen umgedreht hatte.

"Ihr wisst ja, Weißsagen ist keine Wissenschaft und nicht immer gibt es die Antworten, die man sucht. Habt ihr etwas dabei, das der Person gehört hat?", fragte die Frau.

Lisa legte rasch Merlas Tasche auf den Tresen. Die Frau durchsuchte alles, klappte Merlas Geldbeutel auf und zog schließlich ein Foto heraus, ehe sie noch einen Anhänger - eine kleine, fröhliche Holzeule mit geschlossenen Augen, die schon bessere Tage gesehen hatte - von Merlas Schlüsselbund nahm.

Lisa erhaschte nur einen knappen Blick auf das Bild, genug um zu sehen dass es älter war, mit zerknickten Rändern und dass Merla jünger darauf aussah. Sie war auch nicht alleine, doch das Bild war zu schnell abgewandt, als dass Lisa noch etwas hätte erkennen können.

"Hoffen wir, ich bekomme die Antworten, die ihr sucht", murmelte die Hexe und ergriff Foto und Anhänger jeweils mit einer Hand. Sie schloss die Augen und atmete langsam und tief ein und aus.

Stille legte sich über den Raum und Lisa wagte kaum sich zu bewegen, bis die Frau den Kopf zu ihr wandte, die Augen immer noch geschlossen, und den Mund öffnete.

"Such deine Freunde, den der kämpft und sie, die wandelt." Sie öffnete jetzt die Augen. "Ihr werdet eure Hexe finden, wenn ihr zu ihnen stoßt." Die Frau schob Foto und Eule zurück in die Tasche. "Mehr kann ich euch nicht sagen."

"Das ist genug, vielen Dank." Elias legte rasch Geld auf den Tresen und wandte sich dann an Lisa.

"Ich rufe Ji-Woo an", sagte sie und er nickte.

"Ich starte schon einmal den Wagen und versuche Kara zu erreichen." Elias wandte sich auf dem Absatz um und eilte zum Ausgang des kleinen Ladens, wobei er das Schild auf Bitte der Wahrsagerin wieder auf Geöffnet umdrehte, bevor er nach draußen trat.

Lisa zog ihr Handy heraus und wollte ihm folgen, als sich urplötzlich Finger um ihr Handgelenk schlossen. Erschrocken wirbelte sie herum und erstarrte.

Die Augen der Frau hatten sich verändert. Wo sie zuvor dunkel und aufmerksam gewesen waren, war es, als würde das Universum sich in ihnen befinden. Es war wie die Explosion von Sternen, begleitet von Milchstraßen. Es sah aus wie ein ganzer Kosmos.

Obwohl Lisa nicht länger Menschen nach Magie abtastete, spürte sie die Kraft, die von der Frau ausging. Endlos wie der Nachthimmel, tief wie der Ozean und wogend wie der niemals ruhende Wind. Ihre Macht breitete sich im ganzen Raum aus und schien sich um Lisa zu schlingen.

"Wenn die Blätter fallen, wird etwas Wertvolles inmitten der anderen gehüteten Schätze gestohlen", sagte sie, ruhig und klar, ihre sternenerfüllten Augen unverwandt auf Lisa gerichtet. "Und das Fell des Löwen wird dunkel."

Ihre Hand fiel von Lisas Arm und zwischen einem Wimpernschlag und dem nächsten, waren die dunkelbraunen Augen der Frau zurück. Sie runzelte kurz die Stirn und sah Lisa dann ernst an.

"Visionen sind nicht oft Warnungen", sagte sie, immer noch klar und ruhig. "Wenn es dir hilft, ich habe noch einen Drachen gesehen?"

Lisa konnte nicht anders, als sie verwirrt und verständnislos anzustarren.

"Ich fürchte wohl nicht. Nun gut, hinaus mit dir, ihr sucht nach jemandem." Ihr Blick wurde ernst. "Vergiss es jedoch nicht. Was ich gesehen habe, war für dich bestimmt und du wirst dabei sein." Sie seufzte und ihre Schultern sanken etwas herab. "Ich weiß jedoch nicht, ob du die Zukunft ändern oder verhindern kannst."

Als sie nichts mehr sagte, ging Lisa los. Erst langsam und angespannt und dann eilte sie mit langen, großen Schritten aus dem Laden.

Sobald sie in die eisige Luft trat und ein Windstoß ihr Schnee entgegen wirbelte, fühlte sie sich, als könnte sie wieder atmen. Insgeheim schwor Lisa sich, den Laden nicht mehr aufzusuchen, wenn sie es nicht unbedingt musste.

Dann erinnerte sie sich wieder an das, was sie tun sollte und rief rasch Ji-Woo an, während sie zu Elias ins Auto stieg.

"Hey Lisa", grüßte Ji-Woo, sobald er abhob.

"Wo seid ihr? Du bist mit Adhira unterwegs, nicht wahr?" Ihre Stimme war eindringlich und angespannt und sie warf einen Blick zu Elias, der ebenfalls das Handy an einem Ohr hatte. Wie es aussah, hatte er Kara erreichen können.

"Ja, ist sie. Ist alles okay?", fragte Ji-Woo und seine Stimme wurde ernster. "Wir wissen derzeit allerdings nicht genau wo wir sind, wir haben uns verlaufen."

"Merla ist verschwunden und wir haben einen Hinweis bekommen, dass sie bei euch in der Nähe sein könnte", antwortete Lisa.

"Wir sind in einem Neubaugebiet", sagte Ji-Woo. "Jede Menge Baustellen und nichts ist los. Der Schnee hat alles lahm gelegt." Er schwieg kurz. "Warte, ich kann von hier aus eine Leuchtreklame sehen und wir stehen vor einer Baustelle von einem entstehenden Hotel."

Das sagte Lisa überhaupt nichts und sie sah ratlos Elias an. "Sie haben sich verlaufen", teilte sie ihm auf seinem fragenden Blick hin mit.

"Darf ich?", er gestikulierte zu ihrem Handy und Lisa reichte es ihm. Sie hörte nervös zu, wie Elias mit Ji-Woo sprach.

"Okay, bleibt wo ihr seid, wir kommen zu euch, einverstanden?", sagte Elias und Lisa atmete unwillkürlich auf.

Einen Moment später legte er auf und gab eine Adresse an Kara weiter, ehe er sich Lisa zuwandte.

"Ich würde wenn wir dort sind allerdings lieber warten, bis eine Bezirkshexe eintrifft", sagte Elias, während er los fuhr. "Wir sollten deine Freunde vielleicht auch besser wegbringen."

"Ja." Lisa spürte die Anspannung in ihren Schultern und sie lehnte sich etwas im Sitz zurück. Im Augenblick konnte sie nicht mehr tun, als zu warten.

Es war still zwischen ihnen, während Elias konzentriert fuhr. Dennoch kam es Lisa wie eine Ewigkeit vor, bis die Gebäude anfingen sich in Baustellen und Industrie zu verändern. Der Verkehr erstarb um sie herum und es war keine Menschenseele mehr zu sehen. Nicht einmal Jogger oder Hundebesitzer, die in dem Wetter unterwegs waren und dann, ein paar Straßen später, sah sie Ji-Woo und Adhira.

Sie standen dicht beieinander und sahen auf, sobald Elias vor ihnen parkte.

"Wisst ihr schon etwas neues?", fragte Ji-Woo, sobald sie ausstiegen.

Lisa schüttelte den Kopf. "Bisher nicht."

"Steigt ein wenn ihr wollt", fügte Elias hinzu. "Es ist ziemlich kalt und wir sollten warten, bis jemand kommt."

Ji-Woo ging bereits los, als Adhira plötzlich inne hielt und die Straße hinab sah.

"Jemand rennt", sagte sie und es wirkte für einen Moment, als würden ihren Augen einen goldenen Schimmer bekommen. "Wer immer es ist kommt auf uns zu."

Lisa folgte angespannt ihrem Blick, während Ji-Woo zurück an Adhiras Seite trat und Elias einen Schritt nach vorne machte.

Einen Moment später hastete Merla aus einer schmalen Gasse zwischen den Baustellen und Lisa spürte so eine starke Erleichterung, dass ihr die Knie zitterten. Dann jedoch sah sie Merlas Gesicht und ihre Anspannung kehrte zurück.

Ihre Lehrerin bemerkte sie und kam direkt auf sie zu ohne langsamer zu werden und bremste erst ab, als sie die Gruppe erreichte. Sie war außer

Atem, Lisa bemerkte, dass sie keinen Mantel oder eine Winterjacke trug und ihre zerzausten Haare, sowie ihr dunkler Pulli waren feucht vom Schnee.

"Was tut ihr hier?", fragte sie, angespannt und grimmig und Lisa konnte etwas gehetztes und besorgtes in ihrem Blick sehen. "Ihr müsst sofort von hier verschwinden. Jetzt sofort."

"Was ist passiert?", fragte Lisa bevor sie sich stoppen konnte und trat näher an Merla heran. "Du bist einfach verschwunden."

"In den Wagen, ich erkläre alles während wir weg fahren. Und ich brauche ein Handy." Merla gestikulierte zu Elias' Auto, immer noch außer Atem und sie warf rasche, kalkulierende und angespannte Blicke über ihre Schulter.

Lisa quetschte sich rasch mit Ji-Woo und Adhira auf den Rücksitz, während Merla vorne mit Elias Platz nahm. Sie reichte Merla ihr Handy, die rasch eine Nummer eingab, während Elias los fuhr.

"Ich brauche dringend Bezirkshexen im Industriegebiet. Die Werjaguare nach denen wir gesucht haben sind hier, zusammen mit zwei von denen, die wir bereits fest genommen hatten. Ich glaube, sie sind in Kontakt mit Hexen gekommen, auf jeden Fall sind sie unnatürlich stark und größtenteils außer Kontrolle", sagte Merla rasch und in einem Atemzug. Merla schwieg kurz, während Elias bei ihren Worten erschrocken die Luft einsog. Gerade als Merla dazu ansetzte etwas zu sagen, schnellte eine Gestalt aus der Seitengasse und warf sich in die Seite des fahrenden Autos.

Lisas Welt wurde verrissen und raste an ihr vorbei, bis das Auto mit einem Krachen und ohrenbetäubenden Knirschen in eine Baustelle knallte und seitlich liegen blieb. Es rauschte so sehr in ihren Ohren, dass sie nur vage Merlas Fluchen mitbekam, ehe das Auto mit einem Ruck wieder auf allen vier Reifen landete.

"Kannst du noch fahren?", fragte Merla und Lisa brauchte einen Moment, ehe das Pochen in ihren Schläfen und das panische Rauschen in ihren Ohren weit genug abklang, dass sie bemerkte, wie Merla einen Schild um den Wagen erschaffen hatte.

Elias startete die Zündung, doch nichts geschah, der Wagen gab einen eigenartigen Laut von sich, ehe Qualm unter der Motorhaube hervor trat.

"Raus hier", sagte Elias und er klang gezwungen ruhig.

Adhira reagierte zuerst und zog Lisa mit sich aus dem Wagen. Lisa konnte sehen, wie eine Wunde an ihrer Schläfe verheilte und Blut zurück ließ, ehe Ji-Woo ihnen nach draußen folgte.

Die Tür auf seiner und Merlas Seite war zu eingedellt, als dass sie sie noch aufbekommen hätten und Lisa bemerkte am Rande, dass es die Seite war, gegen die sich die Gestalt geworfen hatte. Merla folgte ihnen und schob sie dann zurück, so dass die Mauer der Baustelle in ihrem Rücken war.

"Merla, was geht hier vor sich?", fragte Elias, angespannt und sein Blick huschte aufmerksam und nervös über die Straße. Lisa spürte, wie seine Hand ihre suchte, fand und umschloss und sie erwiderte den Druck seiner Finger ebenso nervös und unruhig.

"Ich verstehe selbst nicht alles im Moment", sagte Merla, die einen weiteren Schild erschuf. Bisher blieb die Straße leer und von der Gestallt die sie gerammt hatte fehlte jede Spur. "Doch irgendjemand hat den Wers geholfen. Zwei von denen, die wir erwischt haben sind wieder frei gekommen und sie alle wurden mit Magie nahezu voll gepumpt. Sie sind viel stärker und schneller als sie sein sollten."

"Ihre Körper ertragen das?", fragte Elias und Lisa warf einen raschen, erschrockenen Blick zur Seite, als sie glaubte, eine Bewegung zu sehen. Merlas Gesicht wurde noch grimmiger, wenn das überhaupt möglich war. "Jemand wusste, was er tut. Sie tragen zu viel Energie in sich, nicht genug um ihre Körper zu zerstören, doch ihr Geist hingegen...sie sind impulsiv, gewalttätig. Ich weiß nicht wie lange es dauert bis sie in den

Wahnsinn oder einen Blutrausch überkippen. Auf jeden Fall brauchen wir Hilfe."

"Das passiert mit Wers?", fragte Adhira entsetzt und mit einem Ruck richtete sie sich auf und ihr Körper wurde still. "Jemand schleicht durch die Baustelle vor uns."

"Nur wenn sie zu viel Kontakt mit Hexen oder Hexern haben, die ihnen auf die eine oder andere Weise Macht geben", antwortete Merla leise und Lisa sog tief die Luft ein, während sie vorsichtig einen Energiestoß in ihrer Hand formte. "Magische Wesen sind sehr offen für Magie und nehmen Energie auf wie ein Schwamm. Die meisten werden von zu viel davon Wahnsinnig oder ihre Körper brechen, wenn sie über ihre Grenzen hinaus mit Kraft versorgt werden. Die meisten Hexen haben leider oft die Angewohnheit, Energie auszustrahlen, selbst wenn sie es nicht beabsichtigen. Das hier allerdings, war mit voller Absicht."
Merla gestikulierte langsam nach rechts. "Geht die Wand entlang Richtung Gasse. Adhira, sag Bescheid, wenn du dort jemanden hörst."

"Da ist jemand", sagte Adhira bereits im nächsten Moment und sog dann scharf die Luft ein. "Sie umzingeln uns."

"Weißt du wie viele es sind?", fragte Ji-Woo und Adhira schüttelte den Kopf.

"Sie sind unglaublich leise, ich es kann nicht mit Sicherheit sagen. Einer macht aber mehr Lärm. Links von uns in der anderen Baustelle. Ich glaube, er soll Aufmerksamkeit auf sich ziehen."
Merla schwieg einen Moment lang. "Sie hören wahrscheinlich sowieso was wir sagen. Adhira, hör weiter hin und sag Bescheid, wenn sich etwas verändert. Ji-Woo, bleib bei deiner Freundin. Lisa, schütze dich und deine Freunde. Elias, ich brauche deine Illusionen."
Rasch erschuf Lisa einen Schild um sie herum und für einen Augenblick war sie unglaublich froh, dass sie das so extensiv mit Merla und Elias geübt hatte.

"Welche Illusionen?", fragte Elias leise und er ließ Lisas Hand los, um die Finger vor sich etwas auszustrecken.

"Alles was sie stolpern lässt und aufhält. Ich versuche sie hin zu halten bis Verstärkung eintrifft. Wenn das nicht klappt, tu was nötig ist um sie außer Gefecht zu setzen."

"Ich habe nicht so viel Kontrolle darüber, nicht wenn es so schnell gehen soll", antwortete er erschrocken. "Ihr würdet alles mitbekommen."

Merla warf ihm einen kurzen, harten Blick zu. "Sie sind nur an mir interessiert, vielleicht noch an Lisa und dir, doch für den Rest von euch wird es auf jeden Fall blutig enden. Sie sind zu wütend und zu impulsiv im Augenblick. Du darfst nicht zögern, sollte ich nicht mehr helfen können."

"Von oben!", rief Adhira in diesem Augenblick und Merlas Hand schnellte nach oben. Der Wer, der vom Dach der Baustelle auf sie herab gesprungen war, wurde aus der Luft zur Seite geschleudert.

Er krachte in die gegenüberliegende Mauer, stark genug um Risse in den Beton zu schlagen. Eine Sekunde später jedoch, war er wieder auf den Beinen.

Seine Augen glühten in einem goldenen gelb und als er den Mund öffnete, sah Lisa Reißzähne. Dann brüllte der Wer, laut und tief und es grollte und hallte um sie herum wie ein wütendes, riesiges Tier. Lisa spürte, wie die Haare entlang ihrer Arme sich aufstellten und sie verstärkte unwillkürlich ihren Schild.

Merla trat vor sie alle, aufrecht und entschlossen. "Macht euch bereit."

Es war, als hätten die Wers auf dieses Signal gewartet. Kaum dass Merla gesprochen hatte, sprangen sie aus ihren Verstecken hervor und griffen an.

Merla machte einen Schritt und noch während ihr Fuß den Boden berührte, brach ein Knistern und Knacken durch die Luft, während der Schnee auf der Straße vor ihnen urplötzlich zu einer spiegelglatten Eisfläche gefror.

Die Wers schlitterten und rutschten aus, doch sie fingen sich mit den Händen ab. Ihre Klauen gruben sich in das Eis und es war wie das Grollen von einem üblen, finsteren Gewitter, als sie alle kollektiv und wütend knurrten. Die Zähne gebleckt richteten sie sich auf und sprangen mit kräftigen Sätzen vorwärts.

Lisa warf ihren Energiestoß nach vorne und hielt das Schild weiterhin aufrecht, als zwei Wers, ein Mann und eine Frau, mit gebleckten Zähnen von der Seite angriffen. Lisa bemerkte nur am Rande, wie Merla und Elias die anderen aufhielten, während Adhira wütend zurück brüllte. Ihr Schrei grollte wie ein gefährlicher, dunkler Donnerschlag und war eine scharfe Warnung zugleich.

Lisas Energiestoß traf den weiblichen Wer mitten in der Brust, die sich nach hinten überschlug und in den Schnee stürzte, während der andere Wer sich auf ihren Schild stürzte.

Gerade als Lisa einen weiteren Energiestoß erschuf, fuhren die Klauen des Wers durch ihren Schild und sie schnappte entsetzt nach Luft, als der Schild zerbarst. Lisa wollte zurück weichen und stieß dabei gegen Ji-Woo, der neben Adhira entschlossen und geübt in eine Kampfhaltung gefallen war.

Ohne nach zu denken warf Lisa den Energiestoß und schleuderte den Wer zurück, gerade als der sich mit aufgerissenem Mund auf sie stürzen wollte.

"Sie sind zu stark", rief in diesem Moment Elias, doch Lisa konnte den Blick von den zwei Wers vor sich nicht abwenden.

Ihr Herz raste, ihre Knie und Hände zitterten und sie spürte kaum noch ihre schnellen Atemzüge. Die Luft fühlte sich zu kalt und zu dünn an. Die beiden Wers sprangen zurück auf die Füße und Schnee klebte an ihrer Kleidung und in ihren Haaren.

Sie griffen nicht sofort wieder an. Stattdessen bleckten sie die Zähne und knurrten, die Hände zu Klauen geformt. Lisa konnte ihre spitzen, langen Fingernägel sehen, die jedoch mehr wie Krallen aussahen. Die Augen der

Wers glühten immer noch gelb und sie beobachteten sie lauernd, scharf und aufmerksam.

"Haltet sie hin", antwortete Merla und etwas dunkles schwang in ihrer Stimme mit. "Wenn Verstärkung nicht bald eintrifft, gehen wir in die Offensive."

Lisa riss gerade noch rechtzeitig einen neuen Schild hoch, als die Wers sie erneut angriffen. Dieses Mal brachen sie beinahe sofort durch die Barriere und Lisa warf sich zurück, während sie eine zweite erschuf, nur eine Armeslänge von sich entfernt. Ihre Fingerspitzen streiften den Schild, prickelnd und lautlos knisternd vor Energie.

"Lisa?", erklang Ji-Woos erschrockene Stimme hinter ihr und sie bemerkte erst in diesem Moment, dass sie ihn fast aus dem Gleichgewicht gebracht hatte.

Rasch machte sie einen halben Schritt nach vorne und nutzte den Augenblick, den ihr zweiter Schild die Wers aufhielt, um einen großen Energiestoß zu erschaffen.

Als sie ihn auf die Wers schleuderte, wurden die zurück gestoßen, doch Lisa konnte sehen, dass es nicht mehr so weit war wie zuvor. Sie brauchte nur eine Sekunde um zu verstehen, dass sie nicht schwächer wurde in ihren Angriffen oder Schilden, sondern dass die Wers stärker waren und das noch mehr nutzten.

Noch während ihre Angreifer sich wieder aufrichteten, warf Lisa drei Schilde hintereinander noch und erschuf zwei weitere Energiestöße. Es kostete sie viel Aufmerksamkeit alles gleichzeitig aufrecht zu erhalten, doch all die Übungsstunden zahlten sich aus.

Dieses Mal griffen die Wers nacheinander an. Während der Mann den ersten Schild durchbrach, sprang die Frau über seinen Rücken hinweg auf den zweiten Schild. Ihre Klauen brachen durch die Energiebarriere und sie heulte triumphierend auf.

Lisa warf die Energiestöße, das Herz erneut in ihrer Kehle, panisch und rasend. Das Blut schien in ihren Adern zu gefrieren, als die Wers geschickt auswichen und sich auf den letzten Schild warfen.

In diesem Moment schnellte Adhira an ihr vorbei und warf sich mit einem wütenden Knurren auf den Mann. Sie rollten durch den Schnee davon, knapp an der Fläche aus Eis vorbei und ein lautes, scharfes Geräusch schnitt durch die Luft.

Mit einem Mal war es, als würde Magie die Luft erfüllen, es war wie ein leichter Druck überall um sie herum und für einen Augenblick war es schwer zu atmen.

Die Wers wurden einen Moment später von den Füßen gerissen und Lisa sah ruckartig auf, als sie das leidende Ächzen von Stahl hörte. Beton splitterte und brach um sie herum, während die Wers gegen die Wände der Baustelle gedrückt wurden. Stahl erhob sich aus dem zerstörten Beton und wand sich um die Werjaguare, die wütend aufheulten.

Lisas Blick schnellte die Merla. Merlas Blick war hell und brennend intensiv, während sie unverwandt ihre Augen auf die Wers richtete. Eine ihrer Hände ballte sie langsam zur Faust und der Stahl wand sich immer enger.

Dann, mit einem letzten Ächzen, kehrte Stille ein. Adhira kam mit einem Satz auf die Füße, ihr Mantel war an der Schulter aufgerissen und Lisa konnte eine langsam heilende Wunde erkennen.

Im nächsten Augenblick löste sich die Magie aus der Luft und Merla atmete ruckartig tief ein, ehe sie mit einer weiteren Fußbewegung die Eisfläche wieder in Schnee auflöste.

"Das hält sie nicht lange auf", sagte Merla und Lisa konnte bereits sehen, wie die Wers begannen gegen den Stahl zu kämpfen und ihn an einigen Stellen wieder aufzubiegen.

"Wir müssen hier weg." Merla schob Lisa und Elias gleichzeitig an, während Ji-Woo und Adhira ihnen folgten. "Kommt mit."

Das plötzliche, triumphierende Heulen der Wers ließ sie erstarren und im nächsten Augenblick erschien eine Frau neben Merla und sie wurde von den Füßen gerissen. Lisa hörte jemanden erschrocken aufschreien, während ihre Lehrerin durch die Luft an die gegenüberliegende Mauer geschleudert wurde.

Stattdessen stand nun die Frau vor ihnen, die Augen wild und golden leuchtend und ihr blasses Gesicht von dunklen Haaren umrahmt. Sie atmete schwer und hatte die Fangzähne gebleckt. Dann knurrte sie und es war ein Laut, der durch die Luft vibrierte und bis in Lisas Herz und Lungen zu reichen schien.

Mit einem plötzlichen, ohrenzerreißenden Kreischen von Metall befreiten die Wers sich von den Stahlstreben und landeten leichtfüßig neben der Frau auf dem Boden. Sie gingen hinter ihr in Kampfposition und Lisa verstand, dass die Frau vor ihr die Anführerin des Rudels war.

Lisa bemerkte kaum, wie Elias ihre Hand ergriff, ehe die Welt um sie herum verschwand. Finsternis breitete sich aus wie Tinte, schluckte Licht und jeden Laut. Der Schnee unter ihren Füßen löste sich auf, die Baustellen um sie herum wurden von Dunkelheit verschluckt und im nächsten Augenblick war nichts mehr übrig, außer der Hand, die ihre umklammert hielt.

Wie von weiter Ferne hörte sie Heulen und Jaulen und wütendes Grollen, das sich immer mehr vermischte wie ein ferner Sommersturm. Ihr Herz raste in ihrer Brust und sie schnappte panisch nach Luft, als sie glaubte zu spüren, wie ihre Lungen von der Dunkelheit um sie herum zerdrückt wurden.

Lisa wollte zurück stolpern, da begann die Finsternis ihre Füße zu verschlucken, schneller und immer schneller, wie dicker, klebriger Schleim der sie immer weiter einsog und ihre Haut auflöste.

Sie packte die Hand in ihrer panisch fester, ehe sie ihr urplötzlich entrissen wurde. Die Finsternis um sie herum zersprang wie die

Scherben eines Spiegels und sie schnappte nach Luft, für einen Moment geblendet von der Helligkeit des Schnees.

Dann fiel ihr Blick auf Elias, der von der Anführerin der Wers mit einem wütenden, grollenden Schrei zur Seite geworfen wurde und durch den Schnee rollte.

Im nächsten Augenblick ergriff eine klauenbesetzte Hand Lisas Mantel und riss sie von den Füßen. Lisa schrie auf und sah aus dem Augenwinkel, wie Adhira sich von ihrem Gegner frei kämpfte und sich auf den Wer warf, der Lisa hoch gehoben hatte.

Sie stürzte zurück in den Schnee, als Adhira auf den Rücken des Wers sprang und knurrend und fauchend ihre Klauen durch die Jacke des Mannes schlug und tiefe, klaffende Wunden hinterließ.

Lisa krabbelte davon und kämpfte sich auf die Knie, während sie einen Schild erschuf, so stark wie sie nur konnte. Ein Wer, eine wild aussehende, blonde Frau, griff sie an und rollte über ihren Schild hinweg, der erzitterte, jedoch standhielt.

Keuchend und mit weit aufgerissenen Augen sah Lisa sich um. Elias lag reglos mehrere Meter von ihr Entfernt, Ji-Woo kämpfte mit Mühe gegen einen Wer, doch er wurde immer weiter zurück gedrängt und mehr und mehr Kratzer tauchten auf, als er die Angriffe nur um Haaresbreite vermeiden konnte. In diesem Moment flog Adhira durch die Luft, rollte durch den Schnee und kam keuchend wieder auf die Füße.

Ihr Blut tropfte auf den Boden und Lisa spürte, wie ihr Herz in ihrer Brust zitterte, ihr Körper fühlte sich taub an und für einen Augenblick rauschte und drehte sich alles.

Sie kämpfte sich auf die Füße und rannte zu Elias, während Adhira sich auf den Wer stürzte, der Ji-Woo an die Wand der Baustelle gedrängt hatte und zu einem vernichtenden Schlag ausholte.

Lisa erkannte jetzt schon, dass es zu viele waren. Sie kämpften zu dritt gegen sechs Wers und sie verloren.

Lisa sprang zur Seite, als die Anführerin nach ihr haschte. Sie sah und spürte wie die Krallen der Frau sich in ihren Schild gruben und sie konnte gerade noch verhindern, dass er einbrach wie eine Papierwand.

Schlitternd kam Lisa bei Elias zum stehen, schwer atmend und mit rasendem Puls. Sie bekam für eine lange Sekunde keine Luft mehr, als die Wer sich aufteilten. Drei kamen auf sie zu und drei auf Adhira und Ji-Woo, die Seite an Seite in Kampfhaltung gegangen waren.

Die Anführerin näherte sich Lisa dabei unerschrocken und ohne inne zu halten. Lisas Blick schnellte zur Seite, doch dort wo Merla hätte liegen sollen, war nichts als aufgewühlter Schnee und ein Fleck Blut, der jedoch langsam zugeschneit wurde.

Elias ächzte leise, während Lisa vor ihn trat, entschlossen und mit zitternden Händen. Sie verstärkte ihren Schild, während er sich hinter ihr auf die Knie kämpfte.

"Lisa..." Seine Stimme klang rau und ein weiterer Schild erschien hinter ihrem. Er war von Elias, sie konnte seine Magie spüren.

Die Wers hatten sie jetzt erreicht und Lisa richtete sich zittrig auf, während sie sich wappnete so gut sie konnte.

Ein ohrenbetäubendes Krachen knallte die Straße hinab, alle Lichter der Straßenlaternen flackerten gleichzeitig auf, obwohl sie nicht eingeschaltet waren, ehe die Glühbirnen zersprangen und die Wers zurück schreckten.

Die Gebäude um sie herum ächzten und Lisa spürte, wie ihr die Haare zu Berge standen, als etwas durch die Luft zu knistern schien. Ihre Augen weiteten sich als sie sah, wie die Haare der Wers begannen sich etwas aufzurichten, als würden sie unter Strom stehen.

Verständnis breitete sich in ihr aus, nur einen Sekundenbruchteil bevor auch die Wers begriffen was vor sich ging und Merla aus der schmalen Gasse zwischen den Baustellen hervor sprang. Blut hing rot und feucht an ihrer Schläfe und sie ergriff die Anführerin, ehe diese ihr ausweichen konnte.

Ein heller Schrei und ein kurzes, weißes, erblindendes Aufblitzen später und die Frau stürzte zu Boden. Merla wirbelte herum und ergriff den nächsten Wer, der abgehakt schrie und mit einem weiteren Aufblitzen regungslos im Schnee zusammenbrach.

Der dritte Wer schreckte vor Merla zurück, während zwei der anderen sich mit einem finsteren Heulen auf sie stürzten. Doch sobald sie sie berührten, stürzten auch sie mit einem kurzen Schrei zu Boden.

Adhira nutzte die Gelegenheit und warf sich auf den Wer, der ihr erschrocken den Rücken zugedreht hatte. Lisa sprang mit pochendem Herzen ebenfalls vorwärts. Sie ließ ihren Schild fallen und sammelte stattdessen so viel Kraft sie konnte in ihren Händen, ehe sie die geballte Energie auf den zurück weichenden Wer vor ihr schleuderte.

Der Mann wurde von den Füßen gerissen und knallte mit einem üblen Geräusch gegen die Wand der Baustelle an ihrer Seite. Adhira schaffte es, den letzten Wer nieder zu schlagen und kniete schwer atmend auf seinem reglosen Körper, für den Fall dass er zu früh wieder aufwachte.

Merla, sobald sie sah, dass die Gefahr gebannt war, sackte sie kaum merklich in sich zusammen. Mit einem Mal war es, als würde sich jegliche Kraft in der Luft auflösen und was auch immer an Elektrizität zuerst da gewesen war, verschwand in den Boden.

Als Merla einen unsteten Schritt nach vorne machte, stolperte Lisa zu ihr, hielt jedoch inne, bis Merla ihr knapp zu nickte. Dann schlang sie Merlas Arm um ihre Schultern und stützte sie.

"Passt auf", sagte Merla, laut genug damit alle sie hören konnten. "So aufgepumpt wie die Wers sind, erholen sie sich schnell wieder."

Elias humpelte an ihre Seite, besorgt und nervös und Lisa sah wie wund und verbrannt Merlas Hände aussahen. Ihre Lehrerin war außer Atem und Blut lief aus ihren Ohren.

"Wie hast du das gemacht?", fragte Elias, der mit einem leisen Ächzen neben ihnen stehen blieb.

"Tut mir leid." Merla hatte die Brauen besorgt zusammen gezogen. Ihre Stimme klang rau und schmerzhaft in ihrem Hals. "Euch hätte niemals etwas passieren dürfen." Sie schloss kurz die Augen und Lisa bemerkte zum ersten Mal wie bleich sie aussah, beinahe schon grau. "Ich habe den Fehler gemacht zu warten."

Elias runzelte die Stirn und schüttelte den Kopf. "Die Wers waren zu stark, selbst offizielle Exekutives hätten mit ihnen Probleme gehabt und außer dir ist keiner von uns ausgebildet im Kampf."

Das plötzlich, unerwartete Kreischen von Stahl ließ sie alle erschrocken und ruckartig aufblicken, bis sie sahen, wie Adhira Stahlstangen aus den Baustellen riss und begann die Wers damit zu fesseln. Ji-Woo schleppte unterdessen die bewusstlosen Gegner zu ihr, um ihr die Aufgabe leichter zu machen.

"Was hast du zum Schluss gemacht?", wiederholte Elias seine Frage und Merla hob eine Hand. Sie zog eine Grimasse als sie den Ärmel ihrer Jacke zurück schüttelte und ein breites Armband mit flachen, eingearbeiteten Kristallen preis gab.

"Ich habe einen Sicherungskasten an der Seite zwischen den Baustellen aufgebrochen und so viel Energie aufgenommen, wie ich konnte. Es hat glücklicherweise für starke Schläge ausgereicht."

Elias sah auf einmal noch besorgter aus. "Hast du innere Verletzungen? So viel Energie ist gefährlich und schwer zu kontrollieren."

"Verstärkung müsste bald eintreffen", murmelte Merla und sah dann Elias an. "Ich habe aufgepasst. Bis auf Ohrenbluten und meinen Händen sollte ich okay sein." Sie hielt inne. "Und der Kopfwunde von den Wers."

Elias atmete auf und deutete dann zur Seite. "Ich helfe sie zu fesseln. Selbst wenn sie vor der Verstärkung aufwachen, können wir sie damit kurzzeitig hinhalten."

Lisa nickte und Elias humpelte zu Ji-Woo und Adhira. Auf einen Wink seiner Hand hin brach mehr Beton auf und Stahlstangen bogen sich heraus, ehe sie zu den Wers schnellten und sich um sie wanden.

"Das heute hätte nicht passieren dürfen.", murmelte Merla und dann sah sie Lisa ernst an. "Es tut mir leid, dass du hinein gezogen wurdest." Lisa wusste nicht, was sie darauf sagen sollte. Dann hörte sie schnelle Schritte und sah ruckartig auf. Ein Mann und zwei Frauen bogen um die Ecke und Merla drückte kurz ihre Schulter, ehe sie Lisa los ließ und etwas wackelig einen Schritt nach vorne machte. "Schon gut, das ist die Verstärkung." Merla grüßte die drei mit einem knappen, leise erleichterten Nicken. Der Mann und eine der Frauen kümmerten sich sofort um die Wers, während die zweite Frau, eine hübsche, zierliche Asiatin, zu Merla trat.

"Lass mich dich heilen", sagte sie und als Merla nickte, legte sie ihr leicht die Fingerspitzen an die Schläfen, achtsam auf die immer noch blutende Platzwunde.

Dann konnte Lisa sehen, wie die Wunde sich schloss und kurz darauf stand Merla aufrechter, weniger als würde ihr ganzer Körper schmerzen. Ihre Hände heilten ebenfalls und ließen unverletzte, schwielige Haut zurück.

Die Frau runzelte leicht die Stirn, als sie Merla wieder los ließ. "Dich hat es übel erwischt. Dein Körper war außerdem stark geladen, lass das später noch mal genauer von einem Heiler ansehen, nur um sicher zu gehen."

"Werde ich", sagte Merla ernst und die Frau wandte sich an Lisa. "Bist du verletzt?"

Lisa konnte es in diesem Moment nicht ehrlich sagen. Ihr Herz schlug immer noch zu schnell und zu hoch, ihre Knie und Hände fühlten sich weiterhin zittrig an und der Rest von ihrem Körper schien nicht wirklich mit ihr verbunden zu sein.

Die Frau musterte sie besorgt und berührte dann kurz Lisas Schulter, ehe sie zurück trat.

"Nichts außer ein paar blauen Flecken. Ich heile die anderen zuerst, wenn du möchtest, kann ich mich danach noch um dich kümmern." Mit diesen Worten drehte sie sich um und ging zu Elias und Ji-Woo.

"Lisa, sieh mich an." Merla ergriff sie an den Schultern und Lisa wandte ihr den Blick zu. "Spürst du deine Füße?"

Verwirrt hielt Lisa inne, ehe sie den Kopf schüttelte. Merla drückte kurz ihre Schultern.

"Okay, atme mit mir. Langsam tief ein und aus." Sie gab Lisa einen Rhythmus vor und atmete mit jedem Mal etwas tiefer und langsamer. Lisa spürte wie das Zittern ihrer Hände sich ausbreitete und Merla half ihr aufrecht stehen zu bleiben, als ihre Knie kurzzeitig drohten unter ihr nach zu geben.

"Ist okay, schon okay", murmelte Merla beruhigend und Lisa konzentrierte sich auf ihre standhafte Ruhe so sehr sie konnte. "Du hast es geschafft, wir sind alle okay, es ist vorbei."

Lisa schloss die Augen und ihr Atem bebte in ihren Lungen, ehe sie tief Luft holte und sich so gut es ging zusammen nahm.

"Ich bin okay", sagte sie. Merlas Blick verriet ihr, dass ihre Lehrerin es besser wusste, doch sie ließ das Thema fallen.

"Komm, sehen wir wie es den anderen geht", sagte Merla stattdessen und drückte Lisas Schultern noch ein letztes Mal beruhigend.

Sobald sie zu den anderen stießen, schloss Elias sie fest in die Arme. Lisa spürte wie er einen leichten Kuss gegen ihre Schläfe drückte und sie umarmte ihn fest zurück. Sie beide sagten nichts und als Elias sie wieder los ließ, warf Lisa einen nervösen Blick zu den Wers.

Sie hielt überrascht inne, als sie sah, wie der Hexer die Stirn des letzten Wers berührte und so etwas wie ein sanfter, wogender, blauer Schimmer sich ausbreitete. Lisa bemerkte dann, dass der leichte, blaue Schimmer bei jedem Wer war, wenn sie genauer hin sah.

Die beiden Hexen ging neben den Wers in die Hocke und legten der Anführerin und einem Mann eine Hand auf die Schulter. Es war, als würde ein Knistern durch die Luft gehen und einen Moment später begannen sich die Stahlstreben aufzubiegen und an ihren alten Platz zurück zu schnellen. Mauern reparierten sich und Elias' Auto gab ein lautes, metallenes Knacken von sich, als es sich urplötzlich ausbeulte und jeglicher Schaden verschwand. Zurück blieb nur der beißende Geruch von schmorendem Plastik.

"Sie entziehen den Wers die Energie, die ihnen gegeben wurde", sagte Merla, die zu ihnen trat und beobachtete, wie die letzte Wand der Baustelle sich nahtlos fügte und reparierte.

"Und der blaue Schimmer?", fragte Lisa, während die Hexe die Hand von der Anführerin nahm und zum nächsten Wer ging. Ihre Begleiter machten ebenfalls damit weiter, den anderen Wers die Kraft zu entziehen.

"Geistmagie, so nennen wir es. Das lernen für gewöhnlich nur Bezirkshexen oder ausgewählte Mitarbeiter des Rates", erklärte Merla. "Ich kann das zum Beispiel nicht, da ich nie offiziell für den Rat tätig war, noch war ich jemals eine Bezirkshexe."

Lisa nickte verstehend, während Ji-Woo und Adhira zu ihnen kamen. Sie sah dabei, wie seine Hand ihre fand und Adhira ihre Finger mit seinen verschränkte.

"Alles okay?", fragte Ji-Woo und sein besorgter Blick verharrte kurz an dem Arm, den Elias um Lisa geschlungen hatte und Lisa bemerkte, dass sie sich etwas gegen ihn lehnte.

"Ja", antwortete sie und ignorierte, dass ihre Stimme ein wenig rau klang. "Bei euch?"

"Ich wurde geheilt." Ji-Woo machte eine knappe Geste in Richtung der Hexe, die sich um jeden Verletzten gekümmert hatte."

Adhira nickte einfach nur knapp. Lisa war sich sicher, dass keiner von ihnen wirklich in Ordnung war.

In diesem Moment trat der Hexer auf sie zu. Er hatte seine dunklen Haare an beiden Schläfen abrasiert und ein verschlungenes Tattoo war auf seinem Hals zu sehen, dass sich deutlich von seiner dunkleren Haut abhob.

"Hallo, ich bin Aarian", grüßte er sie mit einer leicht akzentbesetzten Stimme und hob den Notizblock in seiner Hand etwas hoch. "Ich würde gerne eure Aussagen aufnehmen, wenn das okay ist." Er wandte Merla den Blick zu und wurde ernst. "Ich würde bei dir anfangen."

Merla nickte. "Drei von ihnen haben mir vor meinem Zuhause aufgelauert", begann sie. "Es waren einige Leute zu dem Zeitpunkt unterwegs und ich wollte keinen Kampf anfangen oder für weitere Probleme sorgen, also bin ich mit ihnen mitgegangen."

Aarian runzelte leicht die Stirn während er mitschrieb. "Woher wussten sie wo du wohnst?"

Für einen Moment huschte etwas dunkles über Merlas Gesicht. "Das wüsste ich auch gerne. Ich bezweifel, dass jemand ihnen die Information gegeben hat, es kann also sein, dass sie mir gefolgt sind und auf einen passenden Augenblick gewartet haben."

Aarian nickte und machte eine fortfahrende Geste.

"Sie haben mich hier her gebracht, zu einer Baustelle zwei Straßen weiter, von der Firma mit dem pinkfarbenen Logo. Ihr dürftet es ohne Probleme finden. In dem Gebäude haben dann auch die anderen gewartet."

Aarian sah kurz auf. "Weißt du, wer sie mit Magie voll gepumpt hat?"

Merla hielt kurz inne. "Ich habe einen vagen Schatten gesehen, doch um ehrlich zu sein, war der so schnell verschwunden, ich bin mir nicht ganz sicher. Auf jeden Fall hat der Ort vor Kraft gesummt, wer auch immer ihnen geholfen hat, ist wahrscheinlich erst in dem Moment verschwunden, in dem ich hingebracht wurde."

"Konntest du eine fremde Präsenz fühlen?", fragte Aarian.

Merla presste die Lippen für einen Moment aufeinander und schüttelte dann den Kopf. "Ich habe es wirklich versucht. Wer auch immer da war, war sehr gut darin sich zu verstecken."

Aarian nickte ernst. "Das müssen wir dringend untersuchen. Was ist weiter passiert?"

"Ich wusste, alleine habe ich schlechte bis keine Chancen gegen die Wers", sagte Merla. "Ihre Anführerin allein hätte mir einen ziemlichen Kampf geliefert, daher bin ich bei der ersten Gelegenheit meine Fesseln los geworden und aus dem Gebäude gesprungen."
Sie warf einen kurzen Blick zu Lisa. "Während ich hier weg kommen wollte, bin ich auf meine Schülerin und ihre Freunde gestoßen. Die Wers haben uns aufgehalten, bevor wir verschwinden konnten."
Merla gab Aarian noch eine Beschreibung des folgenden Kampfes und sobald er alles aufgeschrieben hatte, sah er sie alle der Reihe nach an.
"Gibt es noch etwas hinzufügen? Hat einer der Wers etwas gesagt?", fragte er.
Lisa hielt einen Moment lang inne, konnte sich jedoch an nichts dergleichen erinnern. Sie schüttelte den Kopf und sah aus dem Augenwinkel, wie Ji-Woo, Elias und Adhira es ihr gleich taten.
Aarian nickte und klappte dann seinen Notizblock zu und zog ein paar Visitenkarten aus seiner Manteltasche. "Wenn euch noch etwas einfällt, ruft mich an."
Lisa nahm eine der Karten entgegen und schob sie in ihre Tasche, vorsichtig darauf bedacht sie nicht zu zerknicken.
"Ich denke, das wäre dann fürs erste alles." Aarian wandte sich an Merla. "Ich habe vorhin noch kurz mit Kara telefoniert. Sie hat sich um das Problem am Hafen gekümmert und es ist alles in Ordnung. Sie will allerdings, dass du dich bei ihr meldest."
Merla nickte und Aarian verabschiedete sich mit einem höflichen Nicken. Dann räusperte Merla sich leicht.
"Kommt, wir können gehen." Sie warf einen kurzen Blick zu den Wers, die jetzt, entzogen von jeglicher, magischer Energie, ausgezerrt aussahen. "Die Bezirkszuständigen müssten alles haben. Elias, wäre es in Ordnung, wenn ich fahre?"

"Oh, ja." Elias nickte und zog die Schlüssel aus seiner Jackentasche. Lisa bemerkte, dass die Bewegung ein wenig fahrig wirkte. "Hier."

Sobald Merla die Schlüssel entgegen nahm und Elias seine Hand wieder sinken ließ, ergriff Lisa sie. Elias Finger schlossen sich um ihre und sie spürte, wie kalt seine Haut war. Er drückte ihre Hand sanft und sie atmete leise tief ein und wieder aus. Aus dem Augenwinkel sah sie, wie Elias das selbe tat.

Merla trat noch einmal kurz zurück um mit einer der Hexen zu sprechen, ehe sie Lisa und ihre Freunde mit sich winkte.

Sie stiegen in den Wagen, wobei Elias ihre Hand los ließ um sich auf den Beifahrersitz sinken zu lassen. Lisa ließ Ji-Woo und Adhira zuerst einsteigen, ehe sie auch Platz nahm. Ji-Woo saß neben ihr und für einen Moment arrangierten sie sich, ehe sie es beide schafften, sich anzuschnallen.

"Wir haben deine Tasche hier", sagte Elias in diesem Moment und hob die Tasche hoch, die noch am Boden des Beifahrersitzes lag. "Damit haben wir dich gefunden."

Merla sah ihn kurz überrascht an, ehe Verständnis auf ihrem Gesicht erschien. "Ihr wart bei Ria, der Wahrsagerin, nicht wahr?"

Elias nickte und Merla startete den Wagen, ehe sie das Auto vom Gehweg fuhr.

Stille breitete sich aus, nur durchbrochen von dem sanften Summen des Motors und dem gelegentlichen Klicken der Scheibenwischer, die den immer noch stetig fallenden Schnee beiseite fegten.

"Ihr könnt uns hier raus lassen", sagte Ji-Woo, als sie kurz darauf an einer Hauptstraße entlang fuhren. "Wir nehmen den Bus nach Hause." Er sah Lisa an. "Und wir telefonieren später?"

Sie nickte und wusste für einen Moment nicht, was sie noch sagen sollte. Lisa wollte sich dafür entschuldigen, das Ji-Woo in die Sache hinein gezogen wurde, dass er und seine Freundin verletzt wurden. Bevor sie jedoch den Mund öffnen konnte, hielt Merla bereits am Straßenrand und wandte sich um, um Ji-Woo und Adhira anzusehen.

"Ihr habt meine und Karas Nummer?" Als beide nickten, schien sie entspannter. "Zögert nicht uns anzurufen, egal für was. Passt auf euch auf."

"Kommt gut nach Hause", fügte Lisa noch hinzu und Ji-Woo warf ihr einen beruhigenden Blick zu, bevor er mit Adhira ausstieg und die Autotür schloss.

Lisa winkte beiden noch einmal zu, ehe Merla weiter fuhr. Als sich dieses Mal wieder Stille ausbreitete, hatte sie etwas angespanntes an sich. Lisa sank in den Rücksitz und schloss für einen Moment die Augen.

"Ich fahre zuerst zu mir nach Hause", erhob Merla das Wort. "Dann habt ihr euer Auto zurück und ich fahre mit meinem zu Kara."

Lisa sah überrascht auf und ihr Blick fiel auf die digitale Uhrzeit an dem kleinen Display des Autos. Es war noch nicht einmal Nachmittag und dennoch fühlte es sich an, als wäre eine kleine Ewigkeit vergangen.

"Was ist denn am Hafen passiert?", fragte Lisa schließlich, während Merla die Spur wechselte.

"Es ist ein Boot zerstört worden, auf übernatürliche Art und Weise", sagte Merla und seufzte leise. "Um ehrlich zu sein, habe ich damit gerechnet. Ein paar Fischer sind mit ein paar Leuten von uns, die am Hafen leben, aneinander geraten. Ich bin froh, dass Kara das wieder in Ordnung bringen konnte."

"Ich verstehe." Lisa sah hinab auf ihre Hände und dann aus dem Fenster. Alles war mit Schnee bedeckt und es fielen immer noch dicke Flocken vom Himmel, der mit hellgrauen Wolken bedeckt war und es später wirken ließ, als die Uhrzeit vermuten ließ.

Elias räusperte sich leicht und zog Lisas und Merlas Aufmerksamkeit auf sich. "Was heute passiert ist...wie wird es mit den Wers weiter gehen?"

"Sie haben gegen viele unserer Gesetze verstoßen", antwortete Merla. "So wie ich den Rat kenne, werden sie alle Wers die nicht so geboren wurden, wieder zu Menschen machen. Sie werden auch alle ins Gefängnis gebracht. Dann muss noch die Hexe oder den Hexer gefunden werden, die den Wers all die Kraft gegeben hat."

"Ihr habt das heute gut gemacht", fuhr Merla nach einem Moment der Stille fort. "Auch wenn ich mir gewünscht hätte, dass ihr da nicht hinein gezogen worden wärt."

Elias lächelte kurz, auch wenn es humorlos war. "Um ehrlich zu sein, ich wusste nicht einmal was ich da tue."

"Ich auch nicht", murmelte Lisa.

Merla warf ihnen einen kurzen, ernsten Blick zu. "Ihr seid am Leben geblieben, das ist was zählt. Wir sind alle da raus gekommen, ihr habt alles richtig gemacht." Sie bog ab. "Und wenn irgendetwas ist, weswegen ihr euch Sorgen macht, egal ob jetzt oder später, könnt ihr mich jederzeit anrufen."

Lisa schwieg einen Moment lang. "Gibt es noch andere Wege um zu kämpfen?"

Merlas Gesicht schien noch ernster zu werden. "Ja, und manches darf ich dir erst beibringen, wenn wir dich beim Rat als kampferfahrene Hexe melden." Sie neigte leicht den Kopf zur Seite. "Versuch dich erst einmal von dem Schreck heute zu erholen. Wir können bei der nächsten Unterrichtsstunde darüber reden."

Lisa atmete leise auf. "Okay."

Elias warf ihr einen Blick zu und sie lächelte schwach, was er ein wenig wackelig erwiderte. Die Stille, die danach eintrat, bis sie bei Merla ankamen, war ruhiger und ein wenig erschöpfter. Sobald sie vor Merlas Haus parkten, stiegen sie aus.

Merla reichte Elias die Schlüssel zurück und nahm ihre Tasche entgegen. "Ich mache mich gleich auf den Weg. Ihr kommt gut nach Hause und denkt daran, egal was ist, zögert nicht mich anzurufen."

Lisa und Elias nickten. Merla hielt einen Moment lang noch inne, ehe sie sich umwandte und in ihr eigenes Auto stieg. Kurz darauf parkte sie aus und fuhr davon.

Lisa atmete tief ein und langsam wieder aus. Elias berührte ihre Schulter und Lisa wandte sich ihm zu. Sie umarmten sich und für einen Moment schloss sie die Augen.

"Wollen wir zu mir?", fragte sie und schluckte. "Ich möchte jetzt ehrlich gesagt nicht alleine sein."

Elias drückte sie kurz und trat dann zurück. "Natürlich. Fahr voraus, ich folge dir."

Es dauerte nicht lange, bis sie vor der Garage bei Lisas Zuhause parkten. Lisa schloss die Haustüre auf und sie ließen ihre schneebedeckten Schuhe und Mäntel im Flur, ehe sie sich zusammen auf das Sofa setzten.

Lisa und Elias brauchten einen Moment um sich richtig zu arrangieren, bis sie gemeinsam auf dem Sofa lagen. Elias hatte seine Arme um sie geschlungen und Lisa legte ihren Kopf auf seine Schulter, mit einem Arm über seinem Bauch.

"Unsere Welt...", begann Elias und hielt inne, ehe er weiter sprach. "Sie ist nicht so. Ich weiß du bist noch nicht so lange in Kontakt mit Magie und ich praktiziere sie schon mein ganzes Leben lang. Heute war das erste Mal, dass ich so etwas schlimmes mitbekommen habe."

Lisa hob den Kopf und bewegte ihren Arm um ihr Kinn zu stützen. Sie hielt Elias' Blick. "Ich weiß. Mach dir keine Sorgen, ich habe keine Angst vor Magie. Heute war nur...kein guter Tag."

Elias stieß kurz ein kleines, atemloses Lachen aus. "Das kannst du laut sagen."

Lisa lächelte leicht und wurde dann wieder ernster. "Wir sind okay", sagte sie leise und Elias lehnte sich ein wenig vor um ihre Stirn zu küssen. "Merla hat recht, wir haben es geschafft."

Er lächelte und strich mit einer Hand durch ihre Locken. "Ja, das haben wir."

Epilog

Der Tag war überraschend warm und Wasser tropfte von den Dächern, als der Schnee begann ein wenig in der Sonne zu schmelzen. Der Winter war jedoch noch lange nicht vorbei und Lisa wusste, dass der nächste Schneefall und erneute, kältere Temperaturen nur wenige Tage entfernt waren.

Ihr Blick wanderte die breite Hafenstraße entlang und sie ging ein wenig schneller, sobald sie Merla und Elias mit ihren Freunden vor dem Restaurant warten sah. Ihre Lehrerin hatte sie und ihre Freunde, zusammen mit Elias zum Essen eingeladen. Als Dank und Entschuldigung für den Kampf und die Aufregung mit den Wers.

"Bin ich zu spät?", fragte sie, sobald sie die kleine Gruppe erreichte.

"Nein, wir waren nur etwas früher hier", sagte Elias und reichte ihr die Hand. Lisa ergriff sie, bevor Merla die Tür offen hielt und sie alle in das Restaurant traten.

"Bestellt was ihr wollt", sagte ihre Lehrerin sobald sie am Tisch saßen und Elias sich Anna vorstellte. "Ich bezahle für alles."

Sobald alle ausgesucht hatten was sie wollten, brachen Gespräche aus. Elias unterhielt sich mit Anna und Adhira über die Orte auf der Welt, die er bereits besucht hatte, während Ji-Woo sich mit Merla und Lisa leise über die magische Welt unterhielt.

Kurz darauf kam ihr Essen an und nach ein paar Bissen, vermerkte Lisa das Restaurant im Stillen als eines, dass sie wieder besuchen würde. Ihr Gericht war lecker und warm und kurz darauf wurde sie von ihren Freunden zum Lachen gebracht.

Selbst Merla schien entspannter und ein wenig fröhlicher als sonst. Als sie sogar einen Witz riss, war Lisa gleichermaßen überrascht und erfreut und musste erneut lachen.

Sie blieben eine Weile, aßen und unterhielten sich und sobald Merla letztendlich zahlte, verließen sie wieder das Restaurant. Trotz der Sonne war die Luft draußen recht kalt und Ji-Woo, Adhira und Anna gingen gemeinsam ein Stück zur Seite, um den Eingang nicht zu versperren, während Elias noch seinen Mantel zu knöpfte.

"Kaum zu glauben, dass es hier angefangen hat", sagte Lisa auf einmal und Merla warf ihr einen Blick zu, ehe sie kurz schief lächelte.

"Ja, du hast mir damals einen ziemlichen Schrecken eingejagt, als das Auto dich erwischt hat. Es ist auch deiner Hartnäckigkeit zu verdanken, dass du so weit gekommen bist." Merla schob die Hände in ihre Jackentaschen. "Ich persönlich hätte nichts weiter gesagt, nach dem du von dem Krankenwagen weggebracht worden warst."

Lisa legte den Kopf leicht in den Nacken und atmete aus. Der Schein der Sonne war warm auf ihrem Gesicht und sie spürte, wie sie sich etwas entspannte.

"Ich bereue nichts", sagte sie. "Absolut nichts von dem, was mich bis hier her geführt hat."

Dieses Mal lächelte Merla richtig. "Gut so." Dann klopfte sie Lisa mit einem Grinsen, das sie bisher nicht von ihr gesehen hatte, auf die Schulter. "Es kommt noch viel mehr auf dich zu, vergiss das nicht."

In diesem Moment trat Elias aus dem Restaurant und Lisa streckte die Hand nach ihm aus. Er lächelte und ergriff sie, bevor er seine Finger mit ihren verschränkte. Seine Hand war warm und er beugte sich kurz vor um sie leicht zu küssen.

Trotz allem was passiert war, wusste Lisa, hätte sie die Wahl von vorne anzufangen, würde sie nichts anders machen. Sie würde immer noch Merla wegen Magie ansprechen und sie erlernen, sie würde immer noch Elias kennen lernen und Zeit mit ihm verbringen und sich in ihn verlieben.

Und wissend was es alles noch gab, was sie noch alles lernen konnte, freute Lisa sich darauf. Es lag noch so viel vor ihr und sie konnte es kaum erwarten die Welt noch mehr kennen zu lernen, die Magie noch mehr zu erkunden.

Dennoch, es gab eine Frage, die Lisa insgeheim keine Ruhe ließ und bisher hatte auch noch niemand eine Antwort darauf: Wer hatte die Wers unterstützt und ihnen so viel Kraft verliehen?

Danksagung

Mein Dank gilt meiner Familie und meinen Freunden, die mich auf meinem Weg hierher unterstützt und mir zur Seite gestanden haben. Ohne sie, wäre dieses Buch auf diese Weise wahrscheinlich nicht entstanden und ich hätte vielleicht erst in ein paar Jahren damit begonnen, ernsthaft zu schreiben. Mein tiefster Dank gilt euch.